快樂動物村

編輯序

當孩子不愛讀書……

慈濟傳播人文志業出版部

親師座談會上，一位媽媽感嘆說：「我的孩子其實很聰明，就是不愛讀書，不知道該怎麼辦才好？」另一位媽媽立刻附和，「就是呀！明明玩遊戲時生龍活虎，一叫他讀書就兩眼無神，迷迷糊糊。」

「孩子不愛讀書」，似乎成為許多為人父母者心裡的痛，尤其看到孩子的學業成績落入末段班時，父母更是心急如焚，亟盼速速求得「能讓孩子愛讀書」的錦囊。

當然，讀書不只是為了狹隘的學業成績；而是因為，小朋友若是喜歡閱讀，可以從書本中接觸到更廣闊及多姿多采的世界。

問題是：家長該如何讓小朋友喜歡閱讀呢？

專家告訴我們：孩子最早的學習場所是「家庭」。家庭成員的一言一行，尤其是父母的觀念、態度和作為，就是孩子學習的典範，深深影響孩子的習慣和人格。

因此，當父母抱怨孩子不愛讀書時，是否想過——

「我愛讀書、常讀書嗎？」

「我的家庭有良好的讀書氣氛嗎？」

「我常陪孩子讀書、為孩子講故事嗎？」

雖然讀書是孩子自己的事，但是，要培養孩子的閱讀習慣，並不是將書丟給孩子就行。書沒有界限，大人首先要做好榜樣，陪伴孩子讀書，營造良好的讀書氛圍；而且必須先從他最喜歡的書開始閱讀，才能激發孩子的讀書興趣。

根據研究，最受小朋友喜愛的書，就是「故事書」。而且，孩子需要聽過一千個故事後，才能學會自己看書；換句話說，孩子在上學後才開始閱讀便已嫌遲。

美國前總統柯林頓和夫人希拉蕊，每天在孩子睡覺前，一定會輪流摟著孩子，為孩子讀故事，享受親子一起讀書的樂趣。他們說，他們從小就聽父母說故事、讀故事，那些故事不但有趣，而且很有意義；所以，他們從故事裡得到許多啟發。

希拉蕊更進而發起一項全國的運動，呼籲全美的小兒科醫生，在給兒童的處方中，建議父母「每天為孩子讀故事」。

為了孩子能夠健康、快樂成長，世界上許多國家領袖，也都熱中於「為孩子說故事」。

其實，自有人類語言產生後，就有「故事」流傳，述說著人類的經驗和歷史。

故事反映生活，提供無限的思考空間；對於生活經驗有限的小朋友而言，通過故事可以豐富他們的生活體驗。一則一則故事的累積就是生活智慧的累積，可以幫助孩子對生活經驗進行整理和反省。

透過他人及不同世界的故事，還可以幫助孩子瞭解自己、瞭解世界以及個人與世界之間的關係，更進一步去思索「我是誰」以及生命中各種事物的意義所在。

所以，有故事伴隨長大的孩子，想像力豐富，親子關係良好，比較懂得獨立思考，不易受外在環境的不良影響。

許許多多例證和科學研究，都肯定故事對於孩子的心智成長、語言發展和人際關係，具有既深且廣的正面影響。

為了讓現代的父母，在忙碌之餘，也能夠輕鬆與孩子們分享故事，我們特別編撰了「故事home」一系列有意義的小故事；其中有生活的真實故事，也有寓言故事；有感性，也有知性。預計每兩個月出版一本，希望孩子們能夠藉著聆聽父母的分享或自己閱讀，感受不同的生命經驗。

從現在開始，只要您堅持每天不管多忙，都要撥出十五分鐘，摟著孩子，為孩子讀一個故事，或是和孩子一起閱讀、一起討論，孩子就會不知不覺走入書的世界，探索書中的寶藏。

親愛的家長，孩子的成長不能等待；在孩子的生命成長歷程中，如果有某一階段，父母來不及參與，它將永遠留白，造成人生的些許遺憾——這決不是您所樂見的。

作者序

用故事引導孩子思考生命

◎有稚亦童

有了孩子，世界變得不一樣；每一位媽媽，也都因為孩子而讓自己的世界變得不一樣。因為孩子，我們接觸更多的孩子；因為接觸更多的孩子，讓我們瞭解每一個人的生命境遇竟是如此不同。但是，即使不同，每個人的生命價值都是一樣寶貴，一樣值得被珍惜。

每個星期為了要進班和孩子分享生命教育課程，我們成立了一個生命教育備課讀書會；一星期一次的讀書會中，除了志工媽媽彼此討論進班服務心得及技巧外，也針對自己的生命經驗進行思考及探討。在這過程中，愈是深入探討自我的生命經驗，愈是發覺生命教育對於孩子的重要；栽一顆種子在孩子的心中，遠勝過時時在孩子的身邊耳提面命的叮嚀、說教。換句話說，我們要讓孩子做自己的主人，讓孩子自己選擇。

透過繪本的導讀，我們發覺故事對孩子有一種魔力，可以讓孩子化身故事中的角色，便容易引領孩子去思考及轉換看待事物的角度。例如，有一次帶著孩子分享「小猴和小兔的壞習慣」故事繪本：小猴子和小兔子是好朋友；但是，小猴子覺得小兔子一直擺動耳朵、東張西望、聞東聞西是壞習慣，小兔子也覺得小猴子隨時都動來動去、抓來抓去是壞習慣；於是，他們相約要為對方改掉自己的壞習慣。然而，儘管努力的想要改變，卻還是改變不了。他們最後才瞭解：原來，擺動耳朵、東張西望是兔子的特性，這是為了要提高警覺性；而小猴子喜歡抓癢也是一種特性，為的是要整理自己的皮毛。

在現實生活中，要怎樣跟與自己不同的朋友相處呢？這可是一門大學問。若是直接告訴孩子要尊重與接納，孩子可能很難想像什麼是尊重、什麼是接納；但是，透過故事，尤其是最貼近孩子的動物角色，孩子就很容易融入角色當中去思考。

因此，我們這群讀書會的媽媽們興起了創作故事的念頭，想從我們最熟悉的生命教育議題切入，希望透過故事讓孩子體會生命的價值。舉例來說，我們從小被教育成要跟別人相同，怕自己和別人不一樣，所以別人做什麼我們就跟著做什麼，當自己和別人不同時就覺得不好；就像〈奇奇別哭〉裡的奇奇，他雖是臺灣黑熊，胸前的「V」字型白色條紋卻淺得幾乎看不見，他因此難過，也討厭自己；雖然朋友們為了讓他開心，想盡辦法幫他「裝」上明顯的「V」字型白色條紋，但他的「假裝」並沒有讓他釋懷。直到遇見一隻沒有紅屁股的臺灣彌猴皮皮，看到他雖然和大家不一樣，卻仍然可以活出自己，過得自在快樂，才讓奇奇真心接納自己與別人的不同。

人無法放在天秤上用同一個標準互相比較，而是需要尋找自己的特質。我們便是想用故事在孩子小時候便引導他建構完整的生命價值，他就自然可以比較快樂、比較自在，也比較有自信；更重要的是，讓孩子會用比較正向的學習態度去面對人生的各項挑戰，也能夠欣賞每個人的不同價值。

最後，很感謝慈濟傳播人文志業基金會提供這樣的機會，讓我們得以透過有趣的故事創作和更多孩子分享生命的價值觀。

目錄

奇奇別哭

賴沁涵、莊美玲

在一大片綠油油的草原上，有個「快樂動物村」，村裡的動物們每天都開心的一起玩耍——只有奇奇除外。

奇奇是一隻臺灣黑熊，他常在自己的窩裡暗自掉淚；因為，他的「V」字形白色條紋又小又淺，幾乎看不見。

村裡的動物們知道了奇奇不開心的原因後，都絞盡腦汁的幫奇奇想辦法。

古靈精怪的狐狸弟弟第一個提出他的好辦法。他對奇奇說：「奇奇別哭！我送你一件有白色條紋的衣服。」奇奇一看到狐狸弟弟送給他的衣服，馬上穿起來，高興的叫著：「我有白色條紋嘍！我是一隻討人喜歡的臺灣黑熊！」

奇奇不哭了，村裡的動物們也跟著歡呼起來。正當奇奇快樂得又唱又跳，「刷——」，響起一陣刺耳的撕裂聲；原來，奇奇的身體太胖，把衣服撐破了。

奇奇一想到自己沒有了條紋衣服，又傷心得哭了起來；動物們又慌又急，只希望奇奇能再度快樂起來。

這時，白鴿姊姊對奇奇說：「奇奇別哭！我向同伴們要來了許多白色羽毛，我幫你插在胸前，這樣你就有漂亮的白色條紋了！」

白鴿姊姊拿出許多白色羽毛，動物們七手八腳的把羽毛插在奇奇胸前。奇奇開心的大聲唱著：「我有白色的條紋嘍！我是一隻可愛的臺灣黑熊！」突然，「咻——」的一聲颳起一陣強風，把插在奇奇身上的羽毛都給吹落了。

看到身上的條紋隨風而逝，奇奇又難過起來，越哭越大聲。

這時，烏龜爺爺慢慢的爬到奇奇身旁，對奇奇說：「奇奇別哭！我送你一桶白色顏料。」奇奇接過顏料，拿起刷子，在自己的胸前畫上一道白色V字形條紋，他又開心的唱起來：「我有白色的條紋嘍！我是一隻漂亮的臺灣黑熊！」奇奇高興的又跳又叫。

這時，天空下起一場大雨，大家各自找地方躲雨；沒人看到，大雨把奇奇身上的顏料都洗掉了，他又恢復原來的模樣。

夜裡，奇奇躲在樹林裡暗自哭泣著；突然，樹林裡有個黑影對奇奇說：「奇奇別哭！」

奇奇害怕的問：「你……你是誰呀？」

「我是臺灣獼猴，我叫皮皮。」一隻臺灣獼猴從黑暗裡走出來；奇怪的是，他沒有紅屁股？

「臺灣獼猴？可是，你怎麼沒有可愛的紅屁股呢？」聽到奇奇的疑問，皮皮自信的回答：「誰說臺灣獼猴一定要有紅屁股呢！」奇奇聽了，不加思索的問：「大家不會討厭你嗎？」皮皮哈哈大笑的回答：「才不呢！我每天在村子裡表演特技腳踏車，耍寶給大家看，大家都愛死我了！」

奇奇恍然大悟：「就算我的白色V字形條紋幾乎看不見，我還是可以成為大家喜愛的臺灣黑熊啊！」

不在乎V字形條紋的奇奇，天天跟村裡的動物們一起遊戲、一起唱歌，常常幫助同伴，成為一隻快樂的臺灣黑熊。

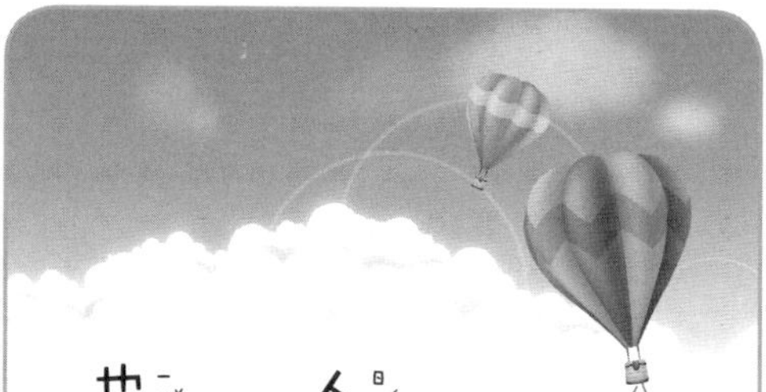

給小朋友的貼心話

小朋友，就算沒有好看或特別的外表，只要你親切待人，還是可以跟大家成為好朋友呵！

每個人都是獨一無二的，你不必跟別人一樣，做自己也可以很快樂！

卡卡的鴨子腳

小金魚

在快樂動物村裡，猴爸爸跟猴媽媽高興的迎接新生兒的到來。只是，當大家看到小猴子卡卡的腳時，不禁搖頭嘆氣；因為，小猴卡卡的腳竟是向旁邊生長，像極了鴨子的腳。

因此，猴爸爸跟猴媽媽很少帶著卡卡出門，卡卡對陌生人及環境也覺得好奇又害怕。當「快樂小學」通知他可以上學時，卡卡高興極了；因為，常聽哥哥及姊姊說在學校有多好玩，現在終於輪到自己了！

開學的第一天，卡卡用膝蓋走到學校時，膝蓋早已磨破了。每堂課要上四十分鐘後才可以休息，卡卡都快坐不住了；下課時，同學們橫衝直撞的跑來跑去，他卻像是障礙物……

卡卡好想哭，這跟哥哥姊姊們說的不一樣，一點都不好玩。

「上學」對卡卡來說，不再是快樂、新鮮、有趣的事，反而變成令人害怕、退縮、討厭的事，因為他發現自己跟同學很不同；同學們可以跑來跑去，自己卻不能；加上自己不知道跟同學聊什麼，所以常常只能呆坐著。

直到有一天，他發現坐在他後面的小牛城城雖然也跟大家不太一樣，卻總是笑咪咪的——同學們嘲笑他，他也笑嘻嘻；即使考試考不好被老師罵，他也笑嘻嘻的。

卡卡後來知道，原來，城城在出生時腦部受傷了，所以他有時沒辦法理解大家在說什麼；不過，他總是以笑來代替回答。

「我應該學習城城，多看好的一面，不要只看到別人的不友善。」卡卡想想，其實同學們都對他很好——有一次，他的腳破皮了，同學們爭著陪他去保健室；打掃時也會幫他，放學時還陪他走路回家……他越想越快樂。

快到學期末時，斑馬老師說：「我們班要開同樂會，請每位同學都準備一個表演節目。」天啊！表演！這對卡卡來說是多麼困難的事啊！

當同學們七嘴八舌的討論時，卡卡煩惱著：「該怎麼辦？我什麼都不會……」

這時候，蜜蜂小飛說：「你們看！我會在空中畫圈圈呢！」大家歡呼：「好棒呵！」這給了卡卡靈感。

同樂會當天，大家都表演自己的拿手才藝，掌聲及笑聲不斷響起。輪到卡卡時，卡卡

向大家敬個禮後，咻一聲的爬上樹，就在樹與樹間快速的盪來盪去，同學們都看得目瞪口呆。

其實，卡卡緊張得不得了，害怕同學們會嘲笑他；當掌聲爆響，同學們高喊「再來一次！」卡卡這才放心的看著大家。原來，自己也可以帶給別人快樂啊！

從此以後，卡卡有了自信，漸漸知道如何跟同學們相處；同學們也瞭解到，卡卡不是討厭大家，只是他不知道如何跟大家一起玩。就這樣，卡卡的朋友越來越多，他也越來越快樂了。

給小朋友的貼心話

小朋友，你有沒有聽過「汪洋中的一條船」鄭豐喜或是口足畫宗謝坤山的故事呢？他們的身體都有缺陷，卻能發現及培養自己的長處，讓自己的生命發光發熱，帶給他人鼓勵。

你知不知道自己的長處？有沒有自信呢？其實，長處及自信是需要培養及發掘的，試著去發現及發展自己的長處吧！

小童旅行去

小金魚

蚱蜢小童今天放學後回到家裡，興奮的告訴媽媽：「媽媽，這個星期六，老師要帶我們去旅遊，我已經報名了。好期待呵！真希望星期六趕快到來。」

星期五晚上，媽媽要小童早點睡覺，因為明天早上七點就得到學校集合。隔天早上，當媽媽叫小童起床時，小童還想睡，就發起脾氣來，直嚷嚷：「我以後不要去旅遊了啦！要那麼早起來，都還沒睡飽，幹嘛要那麼早去啦！真討厭！」

聽完小童的抱怨，媽媽不禁搖了搖頭。出門時，小童還是不停的抱怨，媽媽終於忍不住的對小童說：「親愛的，這次旅遊是不是你自己想去的呢？」

「是啊！可是，我怎麼知道要這麼早起床？早知道我就不去了。」

「這樣啊！那麼，老師跟你們說旅遊的事情時，有沒有說要七點集合？」

「嗯……好像有。」小童說。

「那就對了！你本來就知道要這麼早的。再說，因為這次旅遊，除了你要這麼早起床以外，還有誰也已經起來了？」

「爸爸還有媽媽……」

「還有呢？到了學校，你會看到誰呢？」

「老師、同學，還有……司機叔叔……」小童想著。

「這就對了！你有沒有想過，當你看到這些人時，他們早就在那裡等你了。這代表什麼呢？」

「他們比我還要早起床。」小童的反應還滿快的。

「他們為什麼要那麼早起床呢？」

「因為我們要去旅遊啊！所以……」

「是啊！親愛的，你知道嗎？這次的旅遊，不只你要早到，還有很多人為了這次的旅遊付出很多；比如說，老師需要比你們早到，司機叔叔也要很早把車子開到集合的地方……從這些方面來看，他們要比你更早起床，才能在你的面前出現呵！所以，我們是不是應該要感謝他們呢？」

「媽媽，對不起！我只想到自己要早起，沒有想到還有很多人為了讓我高高興興去玩，比我更早起呢！我

一定要跟他們說謝謝，而且不會再抱怨了。媽媽，我也要謝謝您跟爸爸。」

「寶貝很棒唷！你是一個懂得感恩的孩子，媽媽以你為榮！」蚱蜢媽媽笑著說。

給小朋友的貼心話

想想看，在你的生活當中，有哪些人默默的為大家付出呢？（例如清潔隊員、交通警察……）我們是不是應該心存感恩？因為他們的付出，才能讓我們生活得更方便、更美好。

原來，你也怕黑

小金魚

不記得從什麼時候開始，小獅安安害怕一個人到沒有人的地方或者是黑漆漆的地方；因此，每當媽媽要安安自己到倉庫幫忙拿東西時，安安總會拖拖拉拉、推三阻四。

有一次，媽媽生氣罵人，安安才心不甘、情不願的哭著說：「人家很怕嘛！為什麼一定要人家去？」媽媽告訴安安：「寶貝，你長大了，要開始學習獨立及勇敢了。」「但是人家就是害怕嘛，我才不要什麼勇敢呢！」安安低著頭說。

有一次，在學校聽了同學講鬼故事，嚇得安安晚上不敢自己一個人；於是，他一直黏著哥哥平平，深怕鬼故事中的鬼會突然出現。

平平雖然嘲笑安安是個膽小鬼，但是仍勉為其難的陪著他，並且安慰他說：「你不用怕，我會陪你的。」

到了半夜，安安一直叫著：「哥哥起來！哥哥快起來，陪我去上廁所啦！」這會兒，平平睡得正甜，怎麼叫也起不來。不得已，安安只好硬著頭皮，向廁所「來衝衝、去衝衝」，以免被魔鬼捉弄。

有一天，安安終於發現了一個祕密——原來，平平也怕黑！

那一天夜裡，媽媽要平平到屋外提水，平平說了好多理由，就是不願出去；最後，平平跑來要求安安陪他一起去。安安說：「我才不想去呢！」

因為媽媽急著要用水，所以一直催促平平，平平這時才無奈的哭著對媽媽說：「我怕黑啦……」

安安好驚訝：「原來哥哥也怕黑！我還以為哥哥什麼都不怕哩！沒想到他跟我一樣，哈哈哈……」

後來他問平平：「哥

哥，原來你也怕黑啊？你每次看起來都很勇敢，我還以為你不怕呢！而且你還嘲笑我是個膽小鬼。」

平平說：「我沒有說過我不怕黑啊！就是因為我也怕黑，才知道『害怕』的感覺很不好，所以每次都會陪你；說你是膽小鬼只是好玩而已啦！」

安安明白了一件事情，原來哥哥也跟他一樣怕黑，只是沒有說出來而已。不過，他還是很感謝平平一直陪著他；因為平平瞭解安安的害怕，也願意幫助他面對。

後來，安安跟同學們分享這件事情，才知道有很多人跟他一樣怕黑，也有人不怕的。安安好奇的問他們：「為什麼你們不怕呢？」

「我們可以找人一起作伴！」「隨身帶著手電筒啊！」……

原來，大家都會想出方法來面對啊！安安下定決心，也要找出讓自己不怕黑的方法！

給小朋友的貼心話

小朋友，你也怕黑嗎？你還怕什麼呢？為什麼會怕那個東西呢？跟爸媽或同學說說看。

安安的同學們各自找出克服怕黑的方法。每個人都會「害怕」某些事；若是你不喜歡「害怕」的感覺，就去找出方法克服吧！

青蛙歌唱大賽

瓊瑢

動物村池塘裡的小青蛙呱呱最喜歡唱歌了！心情好的時候唱著輕快的旋律，心情不好的時候唱著憂傷的旋律；他的聲音很有感情，連住在池塘裡的魚兒都能感染到他的心情。

有一天，池塘要舉辦歌唱大賽，所有愛唱歌的青蛙都會報名參加比賽。

呱呱很在意，每天都很認真的準備；但是，愈是接近比賽的日子，心情愈是緊張。他知道，大家都認為他會得到冠軍；假如他輸了，別人一定會取笑他，讓他很沒面子。

他愈是擔心，愈是沒辦法專心準備。一到要練習的時候，腦子裡就開始想像自己站在荷葉舞臺上，幾百隻眼睛盯著他看，讓他手足無措……他甚至擔心到連睡都睡不好。

「歡迎各位參加天籟池塘歌唱大賽！」司儀宣布比賽開始，坐在參賽席的呱呱心跳得好快，自己都好像聽到「砰、砰、砰」的心跳聲。他前面的五個參賽者唱完，下一個就是呱呱了。

「讓我們歡迎下一位參賽者——呱呱！」呱呱一上臺，一開口，優美的歌聲讓來自隔壁池塘的評審們豎起耳朵聆聽，紛紛抬起頭來看著他。

呱呱看到評審的眼睛都盯著他，覺得渾身不自在，心裡想著：「不知道評審喜不喜歡我的表演？」想著、想著，突然腦筋一片空白，完全忘記下一句歌詞，就這麼呆呆的站在臺上。

這時，比賽會場靜悄悄的，連呼吸聲都可以聽得到，舞臺下的輕聲討論此起彼落：「好可惜啊！竟然忘詞了」、「他的表情好緊張」、「好糗呵」……

呱呱覺得好丟臉，竟然在比賽時忘詞！他不知道該怎麼辦，想找個洞鑽進去，卻又跑不掉，他緊張得在舞臺上放聲大哭……

「怎麼了啊？呱呱，作惡夢了嗎？」聽到有人叫他，呱呱驚醒過來，看到媽媽溫柔的眼睛，這才放下心——還好是作夢！

「媽媽，我好緊張呵！」

媽媽說：「呱呱，緊張是很正常的事，每一個人上臺都會緊張」。

「真的嗎？」呱呱有些懷疑。

「是呀！媽媽以前也會這樣。後來媽媽發現，只要有充分的準備，還有將心情放輕鬆，就可以消除很多擔心和緊張呵！而且，你可以多想一想自己的優點，不要猜測

別人的想法，也可以帶給自己更多的信心！」

經過媽媽的安慰，呱呱笑了；他覺得，把擔心的事說出來後感覺很舒服。呱呱開始想的是，他要唱出什麼感覺的歌給觀眾聽，不再去想別人會怎麼樣看他的表演了。

給小朋友的貼心話

小朋友，你是不是也有上臺緊張的時候呢？充分的準備，常常是消除緊張的最好辦法；還有，上臺前你可以告訴自己：「我一定可以做得很好！」也能增加自己的信心呵！

胖胖的口頭禪

瓊瑢

小熊媽媽今天準備了紫色的茄子當晚餐，小熊胖胖看到了就大叫一聲「哎喲！」胖胖只要看到自己不喜歡的東西，就會冒出這句口頭禪。

媽媽說：「胖胖，這樣說會讓人覺得不舒服呵！」「我又沒說錯！這紫色的東西本來就有點奇怪。」胖胖堅持自己的看法。

胖胖對媽媽的勸告總是不以為意；因此，有時候無意間得罪了別人，自己卻不知道。

有一天，胖胖看到他的好朋友東東正津津有味的吃著洋蔥，就在一旁「哎喲、哎喲……」叫個不停，臉上還做出噁心的表情。東東覺得有些尷尬，心想：「我吃洋蔥，你幹嘛大驚小怪啊？」因此，他心裡也不舒服，整個下午對胖胖都不理不睬。

過了幾天，東東生日快到了，胖胖想送東東一個很棒又很特別的禮物。「要送什麼好呢？對了，我今天採了一些美味的野莓果，捨不得吃；把它送給東東，東東一定很開心！」胖胖得意的想著。

胖胖特地找出一個用樹枝編的小籃子，把紅色的野莓果放進去，裝飾得好漂亮；他想像著東東收到禮物時的開心表情，露出滿意的微笑。

東東生日當天，胖胖一見到東東就開心的說：「東東，生日快樂！這個禮物送給你，是我特別準備的呵！」

東東也高興的說：「謝謝你！好漂亮呵！」但是，當東東打開禮物時，不禁尖叫：「哎喲！野莓果……」

這聲「哎喲」聽起來好刺耳，胖胖有些不高興的說：「你不喜歡呵？這可是我最捨不得吃的野莓果耶！」

東東覺得自己剛才的反應太直接了，趕緊說：「沒有啦！我很喜歡，謝謝你嘍！」

雖然東東這麼說，胖胖仍然覺得不舒服。悶悶不樂的回家後，見到媽媽就問：「媽媽，為什麼我把自己最愛吃的東西送給東東，他卻不是很開心？」

「你怎麼知道東東不開心？」媽媽問。

「因為，他打開看的時候也叫了一聲『哎喲』！」胖胖說，「看他那個樣子，就跟我看到不喜歡的東西一樣啊！」

媽媽說：「胖胖，每個人的喜好以及吃東西的口味

本來就不同；你覺得好吃，別人可能覺得很不好吃；你用你的口味去想像別人的口味，是很容易發生誤會的呵！要懂得尊重別人的喜好，才不會讓人覺得不舒服。」

胖胖突然明白了。原來，「哎喲」會讓人覺得不被尊重，讓人覺得不舒服；「難怪上次東東吃洋蔥時會這麼不開心。我一定要改掉這句口頭禪！」

胖胖決定要去向東東道歉；東東也覺得很不好意思，不小心傷了胖胖。胖胖這才知道，東東從小只要碰到野莓果，鼻子就會癢得不得了；對大部分的小熊來說相當美味的野莓果，卻是東東連碰都不敢碰的東西。

給小朋友的貼心話

小朋友，每一個人喜歡的東西不同，興趣也不同，只要不傷害及影響別人，並沒有對或錯。不隨便批評別人和你的不同，會為你帶來更多友誼呵！

讚美的力量

瓊瑢

快樂動物村裡有一隻很盡責的公雞樂樂，他是村子裡的報時員。每天早上他都會伸直脖子，挺起胸膛，發出清澈宏亮的聲音「喔、喔、喔——」來告訴大家「天亮嘍！」

他的叫聲就像是鬧鐘一樣，準時把大家叫起床，開始一天的活動——該上學的去上學，該工作的去工作——每天都是如此，一樣的叫聲，一樣的時間，幾乎沒有變化。

狐狸波波剛搬到快樂村的第一天，一大早就被樂樂的「喔、喔、喔」聲叫醒，可是卻感覺精神好好呵！他覺得有些納悶：「會不會是因為搬新家太興奮了？」「應該不會，上一次搬家的時候不會這樣啊！」「會不會是昨天晚上睡太飽了？」「應該也不會，昨天晚上睡覺的時間和平常一樣啊！」「那到底是為什麼呢？」

正當波波百思不解的時候，又傳來樂樂宏亮又有精神的叫聲，波波跳了起來：「我知道了！是公雞先生充滿朝氣的聲音讓我覺得振奮，我得去謝謝他才好。」

波波跑去找樂樂，對他說：「公雞先生，您的聲音這麼宏亮又有精神；一大早聽到您的聲音，讓我覺得渾身充滿活力、精神百倍呢！很高興搬到快樂村，成為您的鄰居，有您真好！謝謝您！」

聽到波波這麼說，樂樂覺得很驚訝，因為他從沒聽過村民的稱讚；所以，他也感到快樂與自豪——終於有人發現他的重要。不過，他很謙虛的說：「沒有啦，這本來就是我的工作呀！」

雖然樂樂覺得這是他應該做的，但是聽了波波的稱讚，他頓時覺得這個工作很重要，也很有影響力。「既然我的工作這麼重要，怎樣才能把這個工作做得更好？」他開始想呀想，「以前，我只是很盡責、很準時的在天亮時發出宏亮的聲音叫醒大家，村民不過把我當成一個鬧鐘罷了；以後，我還要帶給大家驚奇和樂趣。」

於是，他開始練習各種叫聲，以便區分不同的時間、不同的天氣。例如，晴朗的早晨，樂樂就用最有精神、最宏亮的「喔、喔、喔——」叫醒大家；如果是雨天，樂樂就用較低沉的「嗚、嗚、嗚——」提醒大家下雨了。到了晚上睡覺的時間，樂樂還會加班放送，用輕鬆的「呼、呼、呼——」催促大家該睡覺嘍！

從此，快樂動物村擁有了獨一無二的即時氣象主播，讓其他村的村民都很羨慕，不斷前來觀摩，樂樂也因此爆紅。

波波忍不住又稱讚樂樂說：「您真是太有創意、太敬業了，有您真好！」

「這一切都要感謝您呢！沒有您的讚美，我現在還是一隻只會報時的雞啊！」樂樂打從內心感恩波波。

給小朋友的貼心話

小朋友，真心的讚美往往會為別人帶來不可思議的力量，也為自己增加欣賞美好事物的能力，可以讓人與人的關係更和諧呵！愈能看見別人的優點，你的生活周遭就會有愈多美好的事物！

找回快樂的自己

瓊瑢

活潑好動的小兔子飛飛，最喜歡在森林裡跑跑跳跳。他愛玩的把戲可多嘍——拿毬果當足球、躲避球、籃球；用他那雙強而有力的後腿，不管後踢、前跳、快跑都非常靈活。

他愛冒險，常坐著葉子在湍急的河流中泛舟，或在岩石上跳來跳去，像是越野障礙賽跑的高手。他最討厭下雨，因為下雨天他哪兒都不能去，只能躲在樹洞的家裡，對飛飛來說真是無聊透了。

這一天，和平常一樣，飛飛在森林裡玩了一整天，回家後很早就睡了。飛飛睡得很沉；但是，半夢半醒之間，耳朵彷彿聽見巨石滾動的轟隆隆響聲。

飛飛從睡夢中驚醒，媽媽趕緊跑到飛飛的身邊。飛飛問：「媽媽！發生什麼事了？」媽媽把耳朵貼緊地面一聽，大驚失色：「發生大地震了！」

話才說完，整個動物村就天搖地動，連大樹都抵擋不住劇烈搖晃而倒下。媽媽帶著飛飛趕緊往外跑，想找個安全的地方躲起來；但是，就在剛跑出去的那一剎那，一棵大樹在眼前倒了下來，壓住飛飛的後腳……

飛飛的腳受了重傷，要休養很久，沒有辦法像以前一樣自在的到處玩耍了；這讓他很難過，整天都悶悶不樂。媽媽好擔心，卻也不知道該怎麼辦才好。

小兔樂樂在飛飛受傷後每天都來陪他。樂樂跟飛飛說：「飛飛，雖然你的腳不能像以前一樣跳躍，但是你還有手呀！既然不能出去玩，那用手運動吧！」

「你不要開玩笑了！」飛

飛有點兒生氣的說，「我的腳不能動，要怎麼樣運動呢？」「你等我一下！」過了一會兒，樂樂搬來一個大水桶，對飛飛說：「你就試著用手拍拍看吧！」飛飛有氣無力的「砰、砰、砰」拍了幾下，就不想拍了。

隔天，樂樂搬來更多水桶，並且在水桶裡分別裝了不同高度的水，要飛飛再試試看。飛飛發現，水桶裝著不同高度的水或使用不同力氣，拍打起來都會產生不同的聲音。這個發現，讓他開始覺得有趣。

慢慢的，飛飛感覺藉著拍打可以讓自己的心情好一點；他想要重新找回快樂的自己，不想再整天為了腳傷而難過。

有一個下雨天，從來沒有好好聽過雨聲的飛飛，這一次聽得很專注；聽著聽著，飛飛的手也開始配合雨的節奏拍打，創作出第一首美妙的雨滴旋律。這首創作讓飛飛開心極了。

由於行動不便，反而讓飛飛更能專心聆聽大自然的聲音；他這才發現，原來大自然有這麼多美妙的聲音，以前怎麼都沒有注意到呢？雨聲、風聲、雷聲、溪流聲和瀑布聲都成了飛飛創作的泉源。

飛飛還是很懷念以前可以到處探險的日子；等他康復之後，還可以用節奏把探險的情境與心情統統記錄下來呢！

給小朋友的貼心話

小朋友，碰到困難或不順利的事情時，你會怎麼辦？飛飛為什麼最後可以克服自己遇到的困難呢？因為好朋友的鼓勵，飛飛沒有放棄努力，找到了自己的另一項才能及快樂。當你遇到同樣的情況，也可以嘗試其他的活動，為自己加油呵！

你好，新朋友

Janice

吉兒是動物村裡新搬來的小松鼠，和媽媽一起住在北邊最遠的一棵松樹的洞裡。好動的吉兒總是在樹上跳來跳去，從這棵樹盪到那棵樹去，玩一整天都不覺得累。

有一天，他來到動物村的大池塘，好奇的他蹦蹦跳跳的靠近池邊，探頭往下一看，看到自己的倒影；調皮的吉兒伸手拍著水面，水裡的影子也好像伸出手和他拍著玩。

拍著拍著，忽然從水裡冒出一顆頭，嚇了吉兒一大跳——原來是小魚兒啾比。吉兒往後跳開，咻的一下往樹上跑去，坐在離啾比很遠的樹枝和他對望。

「你跑那麼快做什麼？我有那麼可怕嗎？」啾比大笑的問他。

「我沒見過你，不知道你是好人還是壞人。」吉兒小聲的回答，啾比都快聽不見了。

「我不知道自己是不是好人，不過我的朋友很多呵！你是誰啊？我沒看過你耶！」

「我叫做吉兒，才搬來這裡幾天而已。」

「喔！原來是新朋友。你別害怕，動物村的每個人都很和善，都很願意接受新朋友的。我告訴你呵，這裡歌唱得最好的是一隻叫呱呱的青蛙，我最喜歡聽他唱歌了；還有兔子飛飛和小熊胖胖，他們都是我的好朋友。」啾比興高采烈的說著，吉兒仔細聆聽，不知不覺就從樹上下來，越來越靠近啾比。

「剛來到新環境，的確有很多事情要學習，也有很多人要認識，但是一切都可以慢慢來；你不用緊張，我們都會幫

助你的。」啾比誠懇的告訴吉兒，吉兒也看著啾比，並擺動蓬鬆的大尾巴。

「媽媽也告訴過我，這裡的每個人都很和氣，可是我就是會害怕……怕你們不喜歡我，不想跟我玩。」

「呵呵！吉兒，你不用擔心，我就很喜歡你啊！大家一定也會喜歡你的。而且，為了照顧新來的鄰居，我們還會派出親善大使——兔子家族，他們可以帶你們認識新環境，還可以帶吉兒的媽媽去有很多食物的地方；你們有任何問題都可以問他們或是請他們幫忙，千萬不要客氣呵！」

「太好了！我要回去告訴媽媽，她這兩天還在為找食物煩惱呢！

啾比，真是太感謝你了！」

「別客氣啦！你看，飛飛來了，他的腳之前受了傷，現在看起來好多了，就請他陪你到各處去走一走吧！」

吉兒和飛飛打過招呼後，飛飛帶著吉兒在動物村裡熟悉環境，沿路見到鹿阿姨、龜爺爺、蝸牛小弟、貓頭鷹叔叔；在飛飛的介紹下，吉兒很有禮貌的向他們問好。

回到自己的家時，吉兒已經不再那麼害怕了；他明白，所有的害怕原來都是自己的想像，動物村的人們其實都很友善；只要用真誠的態度對待別人，就可以很容易和別人做朋友了。

給小朋友的貼心話

小朋友，當你到新學校或搬入新社區的時候，不要害怕，親切的跟同學或鄰居打招呼，才能感受到別人的友善回應。只要我們有禮貌的開口請教，一定會有友善的人願意幫忙呵！

同學都搶著跟我一組耶！

Janice

「媽媽、媽媽！我告訴您呵，今天我好高興！因為，上體育課踢足球時，同學都搶著跟我一組耶！」貓小弟凱凱滿臉歡喜的告訴媽媽。媽媽看他這麼高興，覺得自己的兒子真厲害，在學校人緣這麼好。

「哇！你這麼受歡迎、這麼會踢足球呵！」

「不是啦！媽媽，他們想跟我一組，是因為我不太會踢足球，跟我一組的人都踢得比我好，他們就會覺得很高興，所以大家都想跟我一組。」

「什麼？大家想跟你一組是因為你踢得不好，他們都可以贏過你！那你怎麼還那麼高興？大家都贏你，你不會覺得很難過嗎？」媽媽皺著眉說。

「怎麼會？他們都贏我，都很高興；大家高興，我也高興啊！這樣不是很好嗎？怎麼會難過呢？」凱凱說完，又開開心心的跑去吃點心。媽媽看著他舔牛奶的樣子，真的是全心全意的享受著呢！

貓媽媽想起凱凱班上足球踢得最好的跳羚偉偉；偉偉每次在踢足球時，那種專注帥氣的模樣，讓所有的家長都讚不絕口。

貓媽媽因為自己也很擅長運動，總是有意無意的在凱凱面前提到偉偉，例如說：「你看偉偉，那一球踢得太漂亮了！」或者「哇！偉偉這球傳得真妙啊！」凱凱每次聽媽媽這樣說，也會跟著笑咪咪的回應：「對啊！對啊！」

貓媽媽希望凱凱也能這麼出鋒頭，但凱凱完全不在意；當同學在體育上有好的表現，他都是鼓掌最大聲的那一個。

有一天，貓媽媽又去看凱凱

班上的足球比賽。她看見凱凱在場上的樣子，完全沒遺傳到自己優秀的運動細胞，還有點笨手笨腳；但是，凱凱在比賽時笑得那麼燦爛，完全不把「輸贏」這件事放在心上，真的非常享受踢球的樂趣。

反觀偉偉，那麼專心的控球，為了有好的表現，眉頭都皺在一塊兒了；休息的時候，也一直在關心自己這隊贏或輸了幾分。

貓媽媽忽然明白：孩子是那麼純真，他們該做的事就是遊戲，從遊戲中去學習；如果太早就讓孩子在意輸贏，他以後做任何事便只會在乎自己是否勝利，而忽略了其中的「樂趣」。

貓媽媽走過去摟著正在喝牛奶的凱凱，輕輕對他說：「凱凱，你是媽咪最棒、最好、最可愛的孩子了，媽咪好愛你呵！媽媽以後去看你的比賽，也會跟你一起幫別的同學加油，我們讓大家一起享受比賽的樂趣吧！」

「謝謝媽媽！同學一定會好喜歡媽媽，我好高興呵！」凱凱笑著說。

給小朋友的貼心話

團體比賽，往往是讓小朋友學習同心協力把事情做好的好機會；最重要的是，孩子有沒有享受到比賽過程所帶來的樂趣？爸媽也要學習從小朋友的觀點來看事情；如果沒有大人的影響，「輸贏」其實並不是最重要的事。

我也有得到「笑臉」耶！

Janice

「一加一等於二，二加三等於五……」花栗鼠媽媽一邊做晚餐，一邊拉長了耳朵聽著女兒小花從房間傳來的聲音，確定她正在認真做功課。

吃完晚飯後，媽媽板起臉來，要小花把回家作業和聯絡簿拿過來，準備一項項仔細檢查。「小花，妳這裡算錯了，六加八怎麼會等於十三呢？還有這裡，九減二怎麼是六？妳這孩子真是的，粗心大意，明明都會的嘛！這裡錯、那裡錯的，為什麼不能小心一點呢？」

小花被媽媽說得低下了頭，本來準備好要告訴媽媽今天被老師稱讚的事也說不出口了。

媽媽接著又開始檢查國語。看到小花的字歪七扭八，不禁又開始數落起來：「唉呀！妳寫的字一點都不漂亮。還有，這裡應該是兩點，妳怎麼只寫一點？還有這裡，應該是『人』字旁，妳寫成『彳』字旁，又錯了！」聽媽媽一下子說這邊錯，一下子說那邊錯，小花的頭越來越低，嘴角也跟著下垂了。

最後，媽媽打開聯絡簿，上面有老師對每個小朋友的觀察記錄；如果小朋友表現得好，老師就會蓋一個笑臉章；如果小朋友規矩不好，老師則是蓋一個哭臉章。小花今天的聯絡簿上，有三個笑臉、兩個哭臉。媽媽一看到哭臉章，又責備小花：「為什麼會有兩個哭臉章？快說！」

小花嚇得聲音都變小了，好像蚊子叫一樣：「我……我今天忘記帶國語課本了；還有……我跟小娟吵架，所以……老師就給我蓋哭臉章。」

「妳為什麼跟小娟吵架？

媽媽不是有跟妳說每天睡覺前要把書包整理好，為什麼不聽？不然妳就不會有這些哭臉了！」

看見媽媽氣呼呼的樣子，小花忍不住過去抱住媽媽撒嬌：「媽媽，您看，我不只有哭臉啊！我也有笑臉耶！而且還有三個。您怎麼不問我為什麼得到笑臉嘛？

「我告訴您呵！我今天幫老師整理櫃子，老師說我整理得很乾淨；今天君君手受傷了、沒辦法打掃教室，我就幫他打掃；還有，老師說我一篇作文寫得很好，還貼在教室的公布欄上。加起來就得到三個笑臉嘍！媽媽，很多事情我也做得很好啊！」

被小花這些話提醒，媽媽發現自己真的都只注意到聯絡簿上的哭臉，連有笑臉都沒看到；再看看懷中的小花，是那麼可愛乖巧，平日又很貼心，常常主動幫忙做家事；雖然有時候有點迷糊，但都是些小事而已。反而是自己，好像總是一直挑她的毛病。

「小花，媽媽跟妳道歉。妳是一個很乖、很棒的小孩，媽媽卻只看到妳做得不好的地方。從現在起，媽媽也要學習，看見小花做得很好、有得到笑臉的地方。」

「謝謝媽媽！我以後也會更小心，不要再粗心大意了。我現在就把功課改好，沒有錯誤的話，我明天又可以有一個笑臉了！」小花開心的說。

給小朋友的貼心話

把心裡的感受有禮貌的告訴師長及父母，也是一項很棒的學習，這樣才能讓對方知道我們真正的想法。

父母及師長也應該學習傾聽小朋友的心裡話，您或許會因為孩子的真誠反應而看到自己的優點或缺點呵！

每天一朵鮮花

Janice

龜爺爺是動物村裡年紀最大的長輩，連他都忘記自己幾歲了；每次有人問他，他總是抬頭看著天空想了半天後搖搖頭說：「忘了。」

龜爺爺有一件每天都要做的事，就是從家裡爬到小山坡上，咬一朵美麗的小花，再慢慢爬回家，插在玻璃瓶裡。龜爺爺的行動本來就不快，再加上年紀大了，更是慢上加慢，每天早上從家裡爬出到小山坡，就已經中午了；稍微休息一下，咬下一朵小花再爬回家，剛好夜幕低垂。大家都很好奇，龜爺爺這麼做到底是為什麼？

有一天，動物村最聰明的貓頭鷹博士英奇問龜爺爺：「龜爺爺，您為什麼每天都要花那麼多時間去採一朵花回家呢？您這樣不就沒有時間做其他事情了嗎？」

龜爺爺慢慢抬起頭看著英奇，露出了沒有牙齒的笑容說：「我們烏龜一族可以活很久很久，久到別的動物都沒辦法想像的年齡；這樣一來，我們的另一半對我們來說就很重要了。

「因為，在認識的朋友一個個離開這個世界以後，就只有另一半一直陪伴著我們；我們一起走過歲月，彼此瞭解對方一生全部的事情，即使不開口，兩個人心裡也有默契。所以會覺得，只有陪在身邊的另一半，才能真正懂得自己啊！

「很多年前，龜奶奶的腳不小心卡進石頭縫裡受了傷，走路不方便，她也就不喜歡出門了。她以前最喜歡這裡的小花；我們約好了，將來年紀大了以後，要每天一起到這裡來看花。既然她現在沒辦法來，我就每天來採一朵花回去，她看了好高興呵！一直跟我說謝謝呢！」

說完，他用嘴咬了一朵小花後，又慢慢轉身朝自己家裡的方向爬回去。

英奇站在龜爺爺身後，不斷回想著剛才龜爺爺說的每一句話。看著龜爺爺的身影越來越遠，他忽然大聲問：「龜奶奶不能跟著您一起出門看花，她都不難過嗎？」

龜爺爺停下腳步，把嘴裡的花放在地上，轉過身來笑著回答：「龜奶奶說，活到年紀一大把了，還有老伴每天送她一朵小花，她都不知道有多感恩、多珍惜呢！」

「嗯，聽起來很浪漫呵！」英奇忍不住讚歎。「呵、呵、呵……」龜爺爺笑得合不攏嘴，「孩子，我們永遠不知道明天

會發生什麼事；所以，我也很珍惜龜奶奶現在每天還能在家等我回去唷！」說完，他叼起花兒，繼續走上回家的路。

看著龜爺爺離去的背影，英奇突然懂了：不要抱怨你沒有什麼，要好好珍惜你所擁有的一切——不管是身邊的人或者心愛的東西。

給小朋友的貼心話

爸爸、媽媽、爺爺、奶奶、兄弟姊妹、老師、同學……因為有他們的照顧及愛心，我們才能擁有溫暖與幸福。學習去感恩每一個人，不要把別人的付出當成理所當然呵！

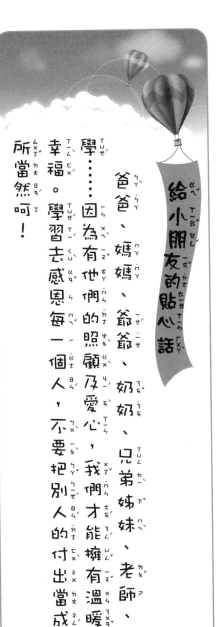

愛惜水資源

Janice

好幾個月沒下雨了，動物村的天籟池水位越來越低，因此到處立著告示牌，提醒大家節約用水，共體時艱。

小狐狸晶晶是個很有正義感的女孩。自從發布缺水的消息以來，晶晶就養成一個習慣，每天清晨都會到動物村邊緣的樹林裡向上天禱告，希望能多降下一點甘霖滋潤可愛的大地。

有一天，她正禱告到一半，身後忽然冒出柔和的聲音：「妳在做什麼呀？」晶晶嚇了一跳，馬上轉過身來，看見一隻非常美麗的蝴蝶正看著她。

「好久沒下雨了，我在向上天禱告，祈求趕快降下大雨。」晶晶回答。

美麗的蝴蝶微笑的看著晶晶，好一會兒後才說：「妳真是個好心的孩子！不過，妳有沒有想過，除了祈禱上天下雨，我們還能做些什麼？」

晶晶說：「就是節約用水呀！」

蝴蝶說：「節約用水只是嘴巴說說的口號，或是應該身體力行去做呢？」

「當然是要去做才不會浪費水呀！」晶晶毫不遲疑的說。

「可是，妳有沒有發現，平常大家洗手時，水龍頭都嘩啦啦的開很大；洗澡時喜歡泡澡，浪費掉很多水；有些水可以再利用，例如洗菜的水可以澆花、拖地的水可以用來沖馬桶，只是大家不想麻煩，所以懶得這麼做。」

晶晶聽了之後，臉都紅

了；自己家裡的確就像蝴蝶說的這樣，總是為了方便，不知不覺就浪費了很多水。

「與其在這裡禱告，不如請大家養成『親水』的觀念，在平日水資源豐沛的時候就要愛惜；因為，每一滴水都是珍貴的禮物。一個小小的動作，只要確實去做就能節省很多水呵！」蝴蝶溫柔而有力的說著。

「妳是誰？怎麼會知道這些呢？」晶晶好奇的問。

「我只是一個旅人，因為我的故鄉也經歷過缺水的窘境，才會告訴妳問題的關鍵。」說完，蝴蝶就翩翩的飛走了。

晶晶看著她遠去的身影，想著她說的話，決定把這些觀念告訴大家，用行動節約用水。

回到村子後，她看見松鼠小毛要洗他的小手，卻把水龍頭轉到最大；浣熊阿元洗澡的水量和大象伯伯一樣多……晶晶便鼓起勇氣，走過去把小毛的水龍頭關小，委婉的對他說：「小毛，洗手時不要將水龍頭開得太大，我們就可以省下很多水嘍！」

接著她又告訴阿元：「阿元，我們的身體都很小，只需要一些水就可以洗乾淨了；如果把多餘的水節省起來，可以給更多人使用呀！」阿元不好意思的點點頭：「我知道了，下次我會注意。」

晶晶繼續在村子裡推動「親水」觀念；大家因為正受缺水之苦，都願意跟著晶晶身體力行，改正浪費水的不良習慣；大家都覺得，原來要省水很容易，而且不會對生活造成什麼不方便。

一個月後，終於降下大雨紓解了旱象，大家都好高興，卻也決定仍舊要愛惜水資源，並且把這樣的觀念傳下去。

給小朋友的貼心話

臺灣被列為世界缺水國家之一，水資源相當珍貴；不管有沒有限水，養成珍惜水資源的好習慣，我們才能保有潔淨又便利的水資源呵！

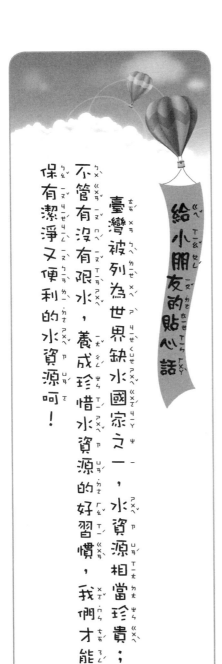

我不想長大

星空

小蝌蚪貝克最近常常悶悶不樂，尤其在蛙苗杯水球賽結束後。

「小貝克，是不是有心事呀？最近怎麼老是不開心？」老凱柏緩緩走到小貝克身旁，慢慢坐下。

聽到老凱柏的關心，小貝克忍不住紅了眼，斗大的淚珠不聽使喚的奪眶而出。「凱柏，每隻蝌蚪一定得變成青蛙嗎？」

「是呀！那表示你長大了，可以離開池塘去冒險了呀！」

「可是……長大後有些事就不能做了……」小貝克難過的說。

「比如說？」老凱柏一臉認真思考的表情，一會兒搔搔腦袋，一會兒又以詢問的眼光看著小貝克。

「比如說……我現在就不能再參加蛙苗杯水球賽了……」小貝克充滿失落的說。

「哦！我懂了。你是因為不能參加水球賽所以心情不好，是嗎？」

「好想念以前大家一起練球、比賽的日子呵！」小貝克有點寂寞的說，「雖然我們每天都得練習傳球五百次，繞天籟池游一百圈，累得回家時連說再見的力氣都沒了，但我覺得好開心！」

老凱柏靜靜的聽著。小貝克擦擦眼淚，繼續說：「您知道嗎？我可是上屆蛙苗杯的VIP球員呢！」

「哇嗚！」老凱柏一臉驚歎，「我真是有眼不識泰山，在我身邊的可是位大球星呢！」小貝克微微揚起嘴角，難掩驕傲的說：「記得對樹蛙隊那一戰，在最後的延長賽中，我奮力用尾巴掃進一球，全場歡聲雷動！當然，我們也贏得了那場勝利！」

「嗯……真是了不起！」老凱柏連連點頭說。

「不過，」小貝克忽然收起笑容，「我就知道幸運之神不會一直站在我這邊。」

老凱柏望著他疑惑的問：「怎麼啦？」

「在那不久之後，我的後腿就長出來了。」小貝克失望的說，

「根據規定，蝌蚪一旦長出腿來就不能再打球了。唉！我真不想長大啊……」說完，小貝克不禁又流下眼淚。

老凱柏輕拍了一下小貝克的頭說：「知道嗎，小貝克，在我們大腦裡有一個記憶百寶箱呵！」

小貝克疑惑的看著老凱柏：「那是什麼？」

老凱柏笑著說：「那是能幫我們收藏好多回憶的大箱子！」

「它有多大？」小貝克好奇的問。

老凱柏壓低嗓音說：「它非常、非常大！」

「有比海洋大嗎？」

「它大得沒有邊呢！」老凱柏用手比劃著。

「有比天空大嗎？」小貝克一再追問。

「它大得沒有底呢！」

小貝克半信半疑；可是，他又想，老凱柏是位受人敬重的長者，應該不會騙人吧……

「小貝克，跟我們去踢球吧！」另一隻長腳的小蝌蚪嘟嘟遠遠的大喊。

「嘟嘟找我加入足球隊。我……該走了……」小貝克有些不好意思。

「去吧！你的百寶箱需要裝進更多、更精彩的比賽！」

「嗯！」小貝克臉上終於露出笑容。

望著孩子們跳動的身影慢慢變小，老凱柏闔上眼，慢慢的趴下，靜靜的聆聽著初夏的蛙鳴……

給小朋友的貼心話

小朋友，成長過程中，每一個階段能做跟必須做的事都不太一樣；上學前可以盡情的玩，上學後則要開始學習及做功課，這些也是讓自己成長的養分呵！

我們的成長過程就像一場場不同的球賽，盡力讓它一場比一場更精彩吧！

我不是壞小孩

星空

小波是隻白色的小飛鼠；這麼奇特的顏色，要旁人的目光不在他身上多停兩秒可不容易。在外面時總有小朋友指著他，說他是隻「怪物」，小孩的父母就會壓低嗓音，要自己的孩子不要亂說話。

大家對他的好奇眼光和耳語，就像四面八方射來的箭，射傷他的心；因此，小波愈來愈不喜歡與人接近。他喜歡獨自在森林的深處散步，因為那兒的茂密枝葉就像隱形斗篷般讓他有安全感。

媽媽心疼小波總是一個人玩，所以決定在他生日那天要為他辦個生日派對。於是，媽媽帶著他一起做餅乾、烤蛋糕、寫邀請卡，為那天的到來做準備。

「小波，媽咪陪你一起去發邀請卡吧！」媽媽慈祥的說。

「我……我可不可以不要辦生日派對？」小波搓著衣角，很為難的說。

「小波，每個人都需要朋友，沒有人可以獨自生活得很好呵！」小波就這麼被媽媽半推半就的牽出門了。

這天艷陽高照，對小波來說卻不怎麼舒適愉快；因為，燦爛的陽光有如無數的細針，會令他感到刺痛、不舒服。所以，媽媽帶他走在樹蔭比較濃密的小路。

快到松鼠馬克家時，他們就聽見屋裡馬克媽的吼聲：「馬克！再不聽話，你就會跟小波一樣！」

小波的頭像是被重重的打了一拳，他鬆開媽媽的手，低下頭……媽媽緊抱著他，過了一會兒之後才替小波將邀請卡投入信箱，然後提起沉重的步伐繼續向前走。

「小波，」媽媽溫柔的說，「媽咪知道你很難過；我想，他們不瞭解你才會這麼說的。」小波還是低著頭。

接著，他們來到花栗鼠杰瑞家，遠遠的就看到杰瑞媽追著杰瑞邊跑邊喊：「杰瑞！再不洗澡，你就會像小波一樣！」

這時，小波終於忍不住啜泣起來。媽媽將邀請卡放入信箱後，就帶著小波回家了。

回到家，小波難過的問：「媽咪，為什麼在他們眼中我是個不聽話的的壞小孩？我又沒做錯事！」滿腹委屈化做串串淚珠，不停的滑落。

媽媽將他抱進懷裡，對他說：「小波，媽媽告訴你，每個生命在一生當中，或遲或早都會出現幾道很難的習題；因為小波是個聰明的小孩，所以就提早給了你難題。這並不代表你是壞小孩呵！」

媽媽繼續說：「媽咪會陪著你，相信你有勇氣可以克服難題的！」媽媽柔軟的身軀和溫暖的氣息，就像一股能量注入小波的身體。

小波點點頭說：「嗯，我知道了……我會試著做一個勇敢的小孩！」

媽媽微笑著說：「沒錯，我就知道小波最聰明了！」

小波生日那天，雖然沒有很多小朋友來到家裡，小波和媽媽還是熱情的歡迎大家，並端出許多好吃的東西，大家玩得非常高興。小波開心的對著蛋糕許下願望：「希望明年有更多朋友來和我一起慶生！」

給小朋友的貼心話

小朋友，你的周圍有長相不太一樣的小朋友嗎？他們可能是天生、可能是生病，卻不是「壞小孩」呵！

每個人都有屬於自己的生命難題，不是每個生命難題都有標準答案；當你遇到難題時，希望你也能像小波一樣勇敢面對、克服難題！

精靈的祝福

星空

快樂動物村西邊的森林裡住著七個音樂精靈，他們由森林之神帶領，每天都用天籟般的歌聲喚醒沉睡的森林，並以歌聲滋養整座森林。

每天清早，松樹爺爺都在清亮的歌聲中甦醒，並在晨曦的照耀下，緩緩伸展每個枝節。「喔……真是舒暢呀！」松樹爺爺舒服的說。

「松樹爺爺早！」精靈荳荳很有朝氣的問候。

「早早早！」松樹爺爺邊說邊做著伸展操。

「爺爺還是一樣精神飽滿！」荳荳輕拍爺爺粗壯的枝幹說。

「是呀！」松樹爺爺開懷的說，「每次聽到荳荳的歌聲，我的身子就像喝下熱奶茶一樣，有股甜甜暖暖的感覺，舒服極了，呵呵呵……」森林之神向爺爺微笑致意，繼續指揮著精靈們。

荳荳高興極了，她希望整個森林的樹都像松樹爺爺一樣健康，於是唱得更賣力。

「哼，什麼嘛！」另一個精靈西西心裡很不是滋味，「就只說荳荳好！」她便自個兒脫隊，獨自在森林裡晃呀晃，隨手摘下路邊一顆漂亮的果子吃下，沒多久便睡著了。

迷迷糊糊中，她聽見有人在叫她；睜開眼睛時，遠遠的看見咪咪向她飛來。「啊……」西西想要打招呼，卻發不出聲音。

咪咪飛到西西跟前，有點不耐煩的說：「喂！大家找妳好久，要練唱了啦！」西西慌張的比手畫腳，咪咪不知道她怎麼了，只得先帶她回去。

「看樣子，西西恐怕是誤

食了無聲果。」看了西西的情況，森林之神沉重的說。

「啊！」所有人都露出驚愕的表情。「她會好嗎？」咪咪緊張的問。

「相傳，在失聲後的第一個月圓之夜，只要所有精靈在天籟池獻上最珍貴的東西給月神，就可以恢復，否則她將永遠失去聲音。」森林之神說。

發發馬上說：「可是，如果少了任何一個精靈的聲音，整座森林就會……枯萎了！」

「對啊！」瑞瑞驚叫起來，「後天就是月圓之夜了，大家快想想辦法！」

大家開始拚命想，什麼才是自己最珍貴的東西……

到了滿月那天，大家來到天籟池。啦啦首先拿出珍藏多年的玻璃項鍊；「這七顆玻璃珠是我辛辛苦苦在森林裡收集的，它們可以發出很美的音階聲，求求月神讓西西恢復吧！」說完，啦啦將項鍊丟進天籟池裡；不過，西西依然沒有聲音。颼颼接著獻上一個瓷盤、發發獻上七彩羽毛、咪咪做的押花、瑞瑞折了一瓶子的許願星星……西西還是沒有聲音。

最後只剩下荳荳了。她握著西西的手，流著淚說：「西西，對不起，我只愛唱歌，所以沒什麼珍貴的東西；如果可以，我願用我的歌聲獻給月神！」

西西感動得流下淚來，張開了口：「謝謝妳，還有大家！」

聽到西西的聲音，大家驚喜得說不出話來。這時，月神幽幽的現身：「我已經感受到最珍貴的東西了！」

精靈們高興極了，開心的唱歌歡慶，一首又一首，歌聲不斷迴盪在整座森林……

給小朋友的貼心話

小朋友，你知道有人會為了幫助別人，而捐出存了好久的撲滿或是留了好長的頭髮嗎？如果你也有珍貴的東西，捐出來可以幫助人，你願意讓它成為祝福嗎？

高登闖禍了！

星空

高登房間裡有一張照片，照片中的高登是一隻乾乾淨淨、可愛帥氣的小牧羊犬——那是他很小的時候……

現在的高登，房間像垃圾堆似的；媽媽不知道說了多少次：「高登，房間收一收吧！沒地方可以走路了！」

可是，他不在乎，因為踩在衣服上走還挺舒服的。

爸爸勸了他好幾回：「高登，頭髮剪一剪吧！你簡直就像一顆炸開的彩球！」

他還是不在乎，因為他覺得蓬蓬亂亂的頭髮很有型。

暑假快結束了，返校日那天，高登懶得回學校查看教室，他想：「反正總會碰到一兩個認識的同學。」

不過，開學當天他的運氣並不好，路上連個認識的同學都沒遇到；進了教室，他又發現沒有一個認識的同學。「唉！這學期要重新做公關了，不然可能會借不到作業嘍！」

這學期的新同學看來都很有型，每個都有一頭蓬蓬髮，這讓高登有點驚訝：「難道我的亂蓬蓬髮型已經帶動流行了？」

上課鐘響了，老師開始點名：「莉莉咩、奇奇咩、妮妮咩……」

高登覺得很奇怪，便小聲的問隔壁同學：「請問一下，為什麼大家的名字都有個『咩』呀？」

這時，全班訝異的眼光不約而同的一起掃向他，隔壁同學發出膽怯的聲音說：「只……只有綿羊才會在這一班耶……」

「喔？那我是牧羊犬，所以……」沒等高登說完，教室裡所有羊如逃命般奪門而出，只留下高登一個……

「校長，真是對不起，給您添麻煩了。」爸媽頻頻向校長道歉。高登竟然跑錯教室，引發綿羊班學生及家長的恐慌，差點兒就集體轉學了；因為綿羊生性膽小，所以綿羊一族總是自成一班。

不過，這還不是高登闖的最糟的禍。「走錯班事件」之後的某一天……

「媽媽，我這裡好癢呵！是不是太多天沒洗頭呀？」高登不停的抓著頭，媽媽看著高登，眼睛突然瞪得大大的，臉色一陣青、一陣白；「難道是……」媽媽最擔心的事終於發生了——高登身上被跳蚤占領了！

「這真是我們家族有

史以來的奇恥大辱！」爸爸忍不住破口大罵；因為，牧羊犬一族可是動物村裡以「乾淨」知名的家族——除了高登以外。

根據規定，班級中只要一個染上跳蚤，全班就得停課五天；家中只要一個染上跳蚤，全家就得自主管理十天，完全不得外出。

看著窗外玩得好快樂的小朋友，高登不由得哭了出來：「媽媽，我好想出去玩呵！」

媽媽安慰他：「沒辦法，這次我們一定得遵守規定，要對自己和大家負責。」

「都是我害大家的。」高登心裡好懊悔，他對媽媽說，「媽媽，對不起，以後我一定會天天洗澡、自己整理頭髮，不會再讓房間亂糟糟了。我以後會不會沒有朋友？」

「不用擔心，等十天過了，媽媽會請清潔公司的人來消毒，小朋友一定會再來找你玩的。」媽媽抱著高登說。

給小朋友的貼心話

小朋友，我們每個人都要為自己做的事負責任。想想看，自己有沒有什麼不好的習慣，造成同學及家人的困擾？可以怎麼改善呢？

祕密基地（上）

星空

小蜜蜂圈圈今天出門幫媽媽採蜜，因為下午茶的點心是鬆餅。飛著飛著，他聽見一陣吵雜的聲音。

「什麼聲音呀？」圈圈朝著聲響的方向飛去，仔細一看——原來是小松鼠朵朵跟媽媽在吵架呢！「我得趕緊採蜜去了……」圈圈沒時間細聽，便匆匆飛走了。

跟媽媽吵完、心裡又氣又難過的朵朵，在森林裡走著，「去廣場找吉兒玩吧！」她想找朋友轉換一下心情。沒想到，廣場上空無一人，只有蕭蕭的風聲……

朵朵繼續往河邊走，遠遠的就看到蚱蜢小童、小青蛙呱呱及貝克還有松鼠吉兒。「哈囉！大家都在呀！」看到朋友們在一起，朵朵還滿開心的。

「朵朵，聽說你又和媽媽吵架啦？」吉兒關心的問。

「誰說的？」朵朵的笑容不禁凍結。

「是圈圈說的啦！」貝克有點幸災樂禍的說。

「圈圈這個大嘴巴，害我在大家面前丟臉。」朵朵在心裡嘀咕著，卻裝成不在乎的告訴大家，「我今天心情不好，到我的祕密基地玩吧！」

小童說：「貝克也有發現一個很棒的祕密基地耶！」

「哦，是嗎？」朵朵瞄了貝克一眼，吃味的說，「我就不信會比我的好！」

「去看看便知道啦！」貝克自信的說。

「去就去，誰怕誰呀！」朵朵不甘示弱。

這時，小鴨威力朝河邊游來：「嗨！你們在說什麼呀？」呱呱就將剛才的事說了一遍。

「威力，跟我們一起去吧，我發現的祕密基地超棒的！」貝克得意的說。

「少吹牛啦！」朵朵很不服氣。

天上的烏雲愈來愈低，吉兒憂心的勸告大家：「好像快下雨了，我們改天再去吧！」

「不行！今天我們一定要比出高下。」「沒錯！」朵朵和貝克都很堅持。

「那……你們去就好，我怕媽媽會擔心。」吉兒有點兒害怕，說完就先回家了。

於是，大家坐上蓮葉船，

由威力推著出發嘍！水流搖晃得超乎大家想像，威力吃力的平衡著船身。

這時，大雨嘩啦嘩啦開始下了。突然，一陣強風吹來：「啊！」小童尖叫一聲，差點兒被捲走，幸好朵朵及時抓住他。呱呱嚇得臉色發白，全身抖個不停。

貝克眼看情況不妙，於是大叫：「威力，先靠岸吧！」威力卻說：「我也想呀！但是我控制不了船身呀！」頓時，大家都露出驚恐的表情。

小童先哭了出來：「我真該聽媽媽的話，不要跑到危險的地方玩！」

呱呱也哭著說：「我以後也要聽媽媽的話！」

朵朵和貝克心裡其實也很害怕，淚水已經在眼中打轉，但誰都不肯承認。

強風捲起的浪，使船身搖晃得像坐雲霄飛車一樣。最後，只聽到一聲驚恐的尖叫聲——「完了」——在山谷間迴盪……

給小朋友的貼心話

小朋友，當你出門玩的時候，要讓爸媽知道你去哪裡，還要注意安全，才不會讓家人擔心呵！

祕密基地（下）

星空

「貝克！貝克！醒醒呀！」小童輕輕的搖著。

貝克慢慢的睜開眼睛，無力的說：「發生什麼事？」

「我們的船撞到岩石就翻了，還好我彈飛時剛好掉進威力的嘴裡，不然早就不知道被沖到哪兒去了！」小童鬆了口氣說。

「其他人呢？」貝克擔心的問。

「大家都被救起來了。」威力回答。

這時，突然聽見呱呱大哭：「怎麼辦，朵……朵朵好像死了！」

大夥兒立刻衝到朵朵身旁，全都哭了起來。

此時，傳出一個微弱的聲音：「你們哭什麼，我還沒死啦……」

大夥兒同聲說：「朵朵妳還好吧？」

「我沒事，可能是撞到石頭，還有點痛。」朵朵摸摸額頭上腫得像顆紅桃的包。

「你們看！」大家朝貝克手指的方向看過去，左前方的岩壁上有個洞口，「那裡就是我的祕密基地！」貝克興奮的說。

「哇！好高呵……」所有人都目瞪口呆。

「跟我來！這兒的樹枝可以當做梯子爬上去。」貝克揮著手說。

小童說：「貝克，這裡的視野真好，可以看到整個快樂村耶！」

「這裡很好，沒錯吧！」貝克一臉得意。

「貝克，這兒的草好柔軟呢！」「貝克，你把這兒整理得真棒耶！」……除了朵朵，大家都說好。

「嗯……還好啦！」貝克有點心虛說，「其實，我發現它的時候就是這樣了。」

呱呱擔心的問：「你不覺

得這裡也可能是別人的祕密基地嗎？」

貝克說：「可是我每次來的時候都沒人呀……」

「你們看！」突然，朵朵指著遠方天空大叫——一隻蒼鷹正朝著洞口急速飛來！大家齊聲尖叫，連忙往地面爬下去。

「我可不想變成蒼鷹的晚餐！」呱呱邊跑邊說。

「救命呀！」可憐的小童落在後面緊張的叫著，威力回頭將他叼在嘴裡拚命的逃。

「大家快進樹叢！」朵朵大喊。

不過，蒼鷹可是有名的「樹林殺手」，要躲過他的魔爪可不容易。眼看他的利爪就要勾到朵朵了——忽然，一顆不小的石頭從他們頭上飛過，不偏不倚的正中蒼鷹的眼睛，蒼鷹哀號一聲後就飛走了。

「喂！大家沒事吧？」朵朵爸對大家揮手，他的後面跟著其他人的爸爸。朵朵高興得眼角泛出淚光，立刻飛奔過去緊緊的抱住爸爸，久久說不出話來。

貝克也馬上衝向爸爸：「爸爸！你們怎麼找到我們的？」

「多虧吉兒回去告訴大家。」貝克爸說，「天色就要暗了，我們快回家吧！」

從來沒有一次像今天一樣，大家這麼期待「回家」——特別是在經歷了一場危險之後。雖然回家後少不了一頓嘮叨和責罵，但還是比祕密基地多了溫暖和愛！

給小朋友的貼心話

每個人從小都希望有一個屬於自己的秘密基地吧！那是一個可以自在遊戲的地方，或是可以收藏自己最喜歡的東西。其實，孩子們的「家」就是爸媽的秘密基地呵！孩子就是爸媽最珍愛的寶貝呢！

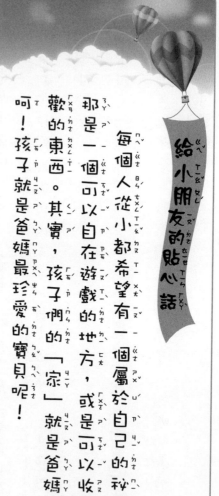

最美的一幅畫

星空

快樂動物村的藝術學校非常有名。一對蜘蛛夫妻有個活潑又可愛的兒子雅各；為了讓他將來能有番成就——成為一位偉大的畫家，他們決定搬到快樂動物村定居。

開學的第一天，雅各就認識不少新朋友。

「媽咪、媽咪！告訴您呵，我再也不會把畫家和音樂家弄錯了！」雅各得意的告訴媽媽。

「真的？太好了！」媽媽微笑著說。

「達文西、馬奈、梵谷……」雅各像背書般的念出一長串畫家的名字，「他們都是我的好朋友！」

「哦？是呀，你得多多學習他們的畫。」媽媽一邊欣慰的對雅各說，一邊心想，「老師真是教導有方！才開學第一天就讓孩子認得這麼多畫家，真是奇蹟呀！」

「我才不想和他們學呢！」雅各不以為然的說。

「為什麼呢？他們都是偉大的畫家呀！」媽媽說。

「不是啦！他們都是我的朋友、是我的同學。」雅各大聲說。

「啊？」媽媽停了兩秒，「你是說……你的同學叫做達文西、馬奈、梵谷？」

「是呀……」雅各嘆口氣，又沮喪的說，「媽咪，我真的可以學會織網嗎？」

媽媽趕緊安慰他：「我們特地搬來這兒，就是要讓你能受最好的訓練，別擔心啊！」媽媽覺得對不起雅各，因為雅各遺傳了他們不會織網的基因。

學校的蛛網創作班課程，首先從學習尋找合適的畫布開始，像是樹葉、樹皮、花瓣等素材；接著要在畫布的四個角打洞，然後用蛛絲將四邊圍起來做成畫框。再來是藝術創作課，這需要一點創意加上花式織網技巧；戶外寫生則是整個課程的重頭戲。

時間悄悄的來到學期末，雅各卻依然沒有學會織網……學期結束前，畢卡索老師帶著大家來到達利森林寫生創作。很快的，大家都找到了畫布、製作好畫框，然後各自開始創作。

達文西找到一隻正在葉片上暢飲汁液的蚊子，將他置身白色蛛網中，宛如層層的白紗，唯美極了。他為這幅作品取名「最後的晚餐」。

馬奈也幸運的找到一隻魚

肚上還殘留些許紅豆的鯛魚燒，以及一個脫殼的蛇皮；他將這些材料放在織著蕾絲的蛛網上，並稱這個作品為「鰻魚和緋鯉」。

梵谷找到一個酷似人頭的枯木，並將自己的五官織上，就如自己的「自畫像」一般，眼神逼真得好像可以看穿人。

這時，雅各為了尋找他的畫布，不知不覺來到米開朗基羅山下；他想：「或許這裡有什麼特別的畫布。」他慢慢的攀岩而上——這對他來說很容易，因為他遺傳了父母的矯健身手，沒多久就登上了山頂。

夕陽即將西下，塞尚河畔的太陽花閃著金光，由橙橙的紅變成紫紫的藍。「這是我見過最美的一幅畫了！」雅各讚歎著，「它沒有畫框，也不必織網！」

這一刻，他似乎瞭解：「也許我一輩子都不會織網，不過我可是很會攀岩呢！」

給小朋友的貼心話

小朋友，或許你不會創作圖畫，但是你可能很會跑步、很會寫作、很會打球……只要好好發揮自己的專長，你自己就是最好的作品！

爸比不見了！

蜻蜓

「我不管！我一定要那個蛋啦！」松鼠朵朵又在大吵大鬧了。朵朵是爸爸和媽媽的心肝寶貝，爸媽對朵朵的要求總是盡量滿足；但是，朵朵看到又大又圓的鱷魚蛋後，居然吵著要！

「為什麼不行？爸比只要去跟鱷魚媽媽說一下就好了啊！這麼多顆，給一顆不會怎麼樣的啦！」朵朵大聲叫著。

「朵朵！那些蛋寶寶全是鱷魚媽媽的寶貝啊！妳拿走哪一顆，鱷魚媽媽都會很傷心的。」爸爸平心靜氣的說著。

因為爸爸毫不讓步，所以朵朵決定自己想辦法。有一天，朵朵趁著鱷魚媽媽離開時，居然偷偷抱走一顆蛋；她心想，鱷魚媽媽不會發現少一顆的。

朵朵高興得不得了，但她得把蛋藏起來才行！她找了一個很隱密的地方把蛋藏起來；到了傍晚該回家時，就將蛋留在祕密基地了。

第二天，天才剛亮，朵朵就被一陣吵雜聲給吵醒；「有沒有人撿到鱷魚媽媽的蛋寶寶啊？」大聲公猴子小泰喊著。

這時，爸爸忽然走進朵朵房間，朵朵嚇了一跳：「爸比，一大早的，小泰哥哥在喊什麼啊？」

「鱷魚媽媽的蛋少了一顆，大家都在幫忙找呢！朵朵，妳……」

不等爸爸把話說完，朵朵就大喊：「我不知道啦！我什麼都不知道，不要問我！」

朵朵的反應太奇怪了，讓爸爸覺得大有問題。

「朵朵，今天跟爸比去遊樂場玩吧！」

「人家不想去啦！」朵朵掛記著鱷魚蛋，所以想找藉口不去。

「拜託啦！今天爸比休假，陪一下爸比啦！」聽爸爸這麼說，朵朵只好勉為其難的答應了。

奇怪的是，爸爸並沒有帶朵朵到遊樂場，反而走到一個人煙稀少的地方。「爸比，這是哪兒啊？」朵朵正要問時，爸爸居然不見了！朵朵慌了起來；剛剛只知道要跟著爸爸走，根本沒認路。

「爸比！您在哪裡啦！」朵朵緊張的到處找爸爸；她不知道，爸爸這時正躲在樹後看著她呢！

「爸比您在哪兒啊？我好害怕！」朵朵哭了出來。當她看到爸爸從樹後出現時，又驚又喜：「爸比！您去哪兒啦！我好緊張、好害怕呵！」

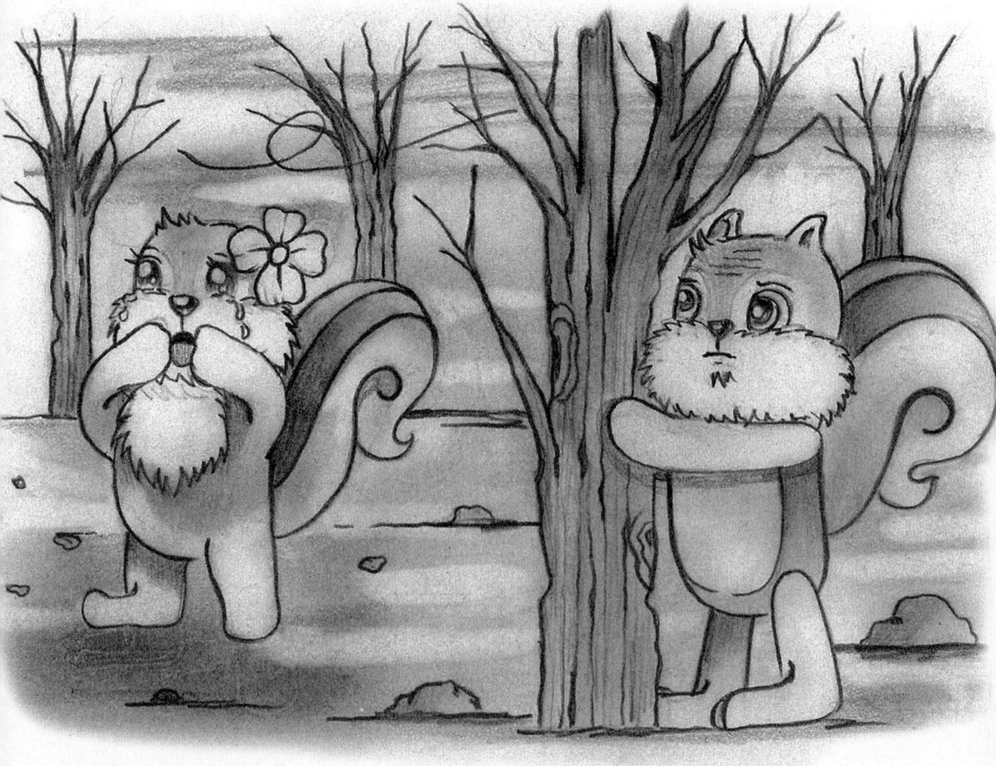

「找不到親人的感覺很難受，對吧？」爸爸輕聲說。朵朵這才恍然大悟，她知道爸爸的意思了。

朵朵把鱷魚蛋還給鱷魚媽媽，並請求她的原諒。鱷魚媽媽知道朵朵不是惡作劇，就原諒她了；她還邀請朵朵，在鱷魚寶寶孵出來前都可以來看他們。

「爸比，我從來沒有為別人想過，只知道自己高興、喜歡就好，真的很對不起！」朵朵知道自己做錯了。

「爸比知道妳沒有惡意；但是，在做任何事前若可以先想想別人的感受，那就更好嘍！」

給小朋友的貼心話

「己所不欲，勿施於人。」小朋友，在你說出任何話、做出任何事前，要站在別人的感受及立場想想呵！

這才是真的「酷」！

蜻蜓

小酷是動物村裡的開心果，他總是笑容滿面，熱心助人，但他的煩惱只有他自己才知道。

小酷一直對自己的外表很不滿意，因為他身上不是黑就是白。你以為他是斑馬？並不是呵！因為，小酷也很討厭自己的身材。他那圓滾滾的體型，雖然可愛，但跑不動也跳不高；斑馬雖和自己一樣只有黑白兩色，但斑馬能跳又能跑，哪像他這麼沒用，又不討人喜歡啊！

其實，大家都很愛小酷，跟他在一起總能聽見歡笑聲；但是，小酷總覺得自己一定要做些什麼，大家才會喜歡他。所以，小酷喜歡耍寶、不敢拒絕別人，也不想讓別人看到自己傷心或害怕的樣子；大家都以為小酷無憂、無慮沒有煩惱，也都很喜歡這樣快樂又陽光的他。

不過，笑話總有一天會說完，故事也會有結局，小酷也有悲傷和害怕的時候。某一天，小酷再也受不了自己一成不變的外表了，他要來個大改造！

小酷找了許多果實及樹根，把它們做成染料，再將這些染料塗在自己身上；頓時，小酷身上變成七彩顏色，就像天空的彩虹一般。

大家看到小酷時都不認得他了，還以為他是新搬來的朋友；當小酷向大家打招呼時，大家都用驚訝的眼光看著小酷。小酷好高興，自己終於用外表吸引住大家了，還當了一天的大明星！

但是，日子一天天過去，小酷為了要維持這樣的外表，不能和大家一起打水仗、跳泥巴坑……因為他不能碰到水，否則又要花許多工夫染色；就因為不能跟大家一起玩，好像離大家越來越遠了。他本來是希望大家更喜歡自己的，怎麼會……唉！

小酷的煩惱，小花鹿蕾蕾都看在眼裡。蕾蕾對他說：「你就是你呀！大家不會因為小酷的外表不一樣，就改變小酷在我們心中的地位！」

這時，大家也都圍了過來，對小酷說：「小酷，我們都愛那個善解人意、心地善良、熱誠助人、把歡樂帶給大家的小酷，可不是愛色彩唷！」

這時，小酷終於恍然大悟，原來大家一點也不在意他的外表，即使他自己覺得很醜。蕾蕾又說：「小酷，現在的你一點也不像貓熊了；因為，你已失去貓熊的特色——晶瑩玉白當中黑。尤其，現在這個悶悶不樂的你，根本不是我們所認識的小酷了！」

小酷終於瞭解，大家對他的愛，不會因為他的外表改變而增加或減少，大家愛的是最真實的小酷。

經過這件事之後，小酷知道，真實的自己才是最「酷」的！傷心、害怕的時候，也不要忘記身邊還有一群好朋友，可以互相支持及陪伴呢！

給小朋友的貼心話

親愛的小朋友，羨慕別人的優點，不如找出自己的優點，盡力發揮；這樣才能認真的看待自己，也可以誠實的面對別人呵！

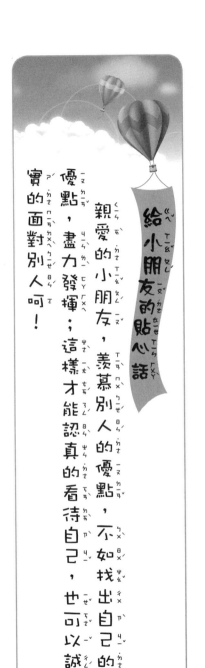

可可是大英雄！

小羊

在茂密的草原中傳來一陣一陣嬉鬧的聲音，原來是小朋友們正在玩捉迷藏的遊戲！有小浣熊拉比、小猴子阿光、小松鼠咪咪、還有最可愛的粉紅兔朵朵兒，他們每天放學後總是會來草原上的大樹下玩一會兒才回家！

「預備——數到十呵！」大家聽到拉比一喊，又嘻嘻哈哈的跑去躲了！這樣的捉迷藏遊戲，他們可以玩好幾遍也不會膩，一直玩到太陽下山呢！

熱鬧草原的另一個角落，有個身影在花叢中若隱若現！

「好好玩的樣子！如果我也能加入，該有多棒啊！」小刺蝟可可心裡充滿羨慕。

可可只敢遠遠的在草叢裡看拉比和朵兒他們玩遊戲，一直不敢主動加入。「他們會喜歡我嗎？我不像他們有著一身漂亮又柔軟的毛，只有又醜又硬的刺，實在是差太多了！他們不會想跟我一起玩的……」可可難過的想著。

連著幾天，可可只敢躲在花叢裡看朵兒他們玩得興高采烈！忽然，拉比在找躲藏地方的時候看見了可可！

「咦？你不是新來的轉學生嗎？跟我們一起玩吧！」拉比沒有多

想，就邀請可可一起玩捉迷藏。

「嗯……真的可以嗎？」可可怯生生的問。

「當然可以啊！我來帶你去認識大家！」

「唉呀！他是什麼動物啊？怎麼渾身都是刺，真是奇怪極了！」朵兒大驚小怪的說著。可可聽到朵兒說的話，頭垂得更低了！

「朵兒！」拉比趕緊阻止朵兒繼續說下去，並轉而安慰可可：「別擔心，我們一定可以成為好朋友的！」

「是啊！是啊！」在旁邊一直沒說話的小猴子阿光笑著說，小松鼠咪咪也點點頭。

就在大家七嘴八舌的時候，黃鼠狼阿部忽然從大樹後面跳出來大喊：「別吵了！我的心情正不好呢！」阿部是學校裡有名的惡霸，常常無緣無故欺負同學。

當阿部裝腔作勢的捉弄大家時，每個人都嚇壞了，不知道該怎麼辦……

還在難過的可可看到大家亂成一團，不曉得哪來的勇氣，跳到前面擋住了阿部！他身上的刺全部豎了起來，看起來很嚇人，把動手動腳的阿部刺了好幾下！

「哎喲！好痛……」阿部痛得倒退幾步，一溜煙跑掉了！

「耶！可可萬歲！可可趕走了大惡霸！」拉比、阿光、咪咪圍著可可大聲歡呼，朵兒不好意思的對可可說：「對不起！可可，我剛才不應該取笑你的外表，謝謝你救了大家！」

「可可是我們的『大英雄』！永遠的好朋友！」拉比、阿光、咪咪和朵兒不約而同的說。

給小朋友的貼心話

刺蝟可可雖然長得和其他人很不一樣，卻擁有一顆勇敢、善良的心！小朋友，千萬不要以貌取人呵，你可能因此而錯失一位好朋友呢！

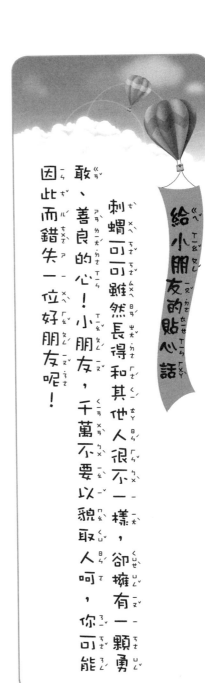

小偵探嘟比和奧格

小羊

小豬嘟比和兔子奧格是一對好朋友。

膽小的嘟比常被其他同學嘲笑，不是笑嘟比是膽小鬼，就是笑他身體圓胖胖；但是，奧格總是陪伴、保護著嘟比。

他們時常在放學後一起玩。有一天，奧格提議：「我們到橋下的小溪邊玩，好嗎？」

「好啊！」嘟比笑著贊成。於是，嘟比和奧格跑到橋下，小心的走到溪邊，然後慢慢的把腳放進水中。

「哇！水好冰呵！」他們不約而同的叫了出來。接著，兩個人玩起潑水遊戲，玩得不亦樂乎。忽然間，奧格看到橋下的土堆中有一個黑影，看起來很不尋常，他和嘟比決定一起過去看看！

走近一看才發現，那是一個被雜草覆蓋著的洞，裡面很暗，在洞口還有一些不清楚的腳印。奧格提議進去一探究竟；但是，天快黑了，他只好和嘟比約好明天再來瞧一瞧。

第二天，在學校上課的時候，他們都心不在焉的想著那個神祕洞穴；下課鈴一響，嘟比和奧格就急忙衝向小橋，直接往橋下跑過去。

「咦？這個洞怎麼比昨天大了些？」「對耶！好奇怪！」嘟比雖然害怕，他還是決定和奧格進去這個伸手不見五指的洞穴。

嘟比緊緊挨著奧格的後面，一小步、一小步的前進；遇到比較窄的地方，還要用爬的才能過去。不知道在黑暗中爬了多久，經過一小段下坡之後，前方忽然出現了閃耀的光芒……

嘟比和奧格慢慢的靠近，發現那片奪目的光彩是由一顆大珍珠發出來的！他們正覺得不可思議的時候，突然從珍珠後面傳出一聲低吼！

「嘿！哪來的小孩！」接著跳出一個黑影橫在他們前面！

「啊！是花狐狸大盜！」奧格大叫，他想起幾天前在雜貨店門口看到的通緝海報。

他趕緊拉著嘟比的手從花狐狸身邊的縫隙鑽出去，往出口的方向跑！雖然狡詐的花狐狸在後面追趕，奧格還是冷靜的和嘟比努力循原路爬回去。

奧格心想：「只要過了比較窄的那段小斜坡就容易多了。」但是，嘟比偏偏就在那裡卡住！眼看花狐狸大盜只離嘟比幾步的距離了，「嘿唷！」奧格拚命的想要把嘟比拉過來。

「啊……」嘟比痛得大叫，聽得奧格於心不忍，稍一鬆手，嘟比就滑下去了。

「糟糕！嘟比就要被花狐狸大盜抓走了！」

奧格正在發愁時，突然傳來一聲慘叫「哎喲……」奧格以為嘟比被抓了，可是聽那聲音卻是花狐狸大盜的哀號啊！

「嘟比到底怎樣啊？」奧格不斷的走過來、走過去，心都快跳出來了。

「快拉我出去、快拉我出去！」嘟比伸出手求助；在奧格的幫助下，終於脫離洞穴。

「花狐狸大盜呢？」奧格好奇的問。

「嘿嘿！被我打昏了。」嘟比很得意的說，「我掉下去時，正好重重的壓在從後面追過來的花狐狸身上，就把他壓昏了。」

渾身狼狽的嘟比和奧格趕緊跑到橋邊揮手求助，剛好巡邏經過的獅子警長看到，過來詢問狀況之後，就到洞穴裡把可惡的花狐狸逮捕了！

原來，那顆大珍珠是地鼠伯伯家的大寶貝，發出的亮光可以照亮家裡每一處呢！所以，花狐狸才會挖了一條地道想來偷走它，幸好被嘟比和奧格發現了！

現在，大家都叫他們勇敢的小偵探，再也沒人會笑嘟比是膽小鬼了！

給小朋友的貼心話

「想要有好朋友，就要先做別人的好朋友！」對待身邊的同學，一定要有同理心，互相幫忙、鼓勵，友情才能長久呵！

國王來了

小羊

「快樂村的大消息！」一大早，山羊村長就在大聲廣播，「彩虹國的獅子國王就要到我們的快樂村來巡視了！為了要給尊貴的國王一個好印象，請大家一定要注意住家及環境的清潔！這可是我們快樂村的大事，請每位村民好好配合呵！」

河馬努努和花豹妮妮走在往學校的路上，也聽見村長的廣播。

「哇——國王要來快樂村耶！我從來沒有見過獅子國王呢！」花豹妮妮期待的說。河馬努努曾聽過爸爸談論國王的事蹟，他告訴妮妮：

「國王幫助過很多動物，是個好國王！」

學校裡，大家也都在談論這件事。利利貓老師說：「國王下星期一就會到達快樂村，還會到我們學校參觀；校長決定為國王舉辦歡迎會，請每個學生準備表演節目來歡迎國王！」

努努感到很苦惱，因為他想不出自己有什麼拿手的節目。小豬嘟比和兔子奧格要表演翻跟斗，小猴子阿光要和刺蝟可可表演變魔術呢！他卻毫無頭緒……

努努正在煩惱的時候，花豹妮妮和蝴蝶小花向他走來，小花說：「對了！我們三個可以一起表演跳舞啊！我們是好朋友，一定很有默契的！」

努努雖然沒有拒絕，但他心裡其實很擔心。努努想：「我這麼笨重，能和他們一起表演嗎？小花和妮妮看起來好輕盈，簡直就像天生的舞者！我肯定沒辦法……」想著想著，努努暗自下了一個決定……

努努的媽媽是烹飪高手，不管是餅乾、蛋糕還是香味四溢的麵包都難不倒她，努努也很喜歡吃媽媽做的小點心！不過，努努媽媽發現努努最近有些改變——不管什麼點心，就算是努努最愛的草莓蛋糕，努努吃了一兩口就說：「吃不下了！」媽媽覺得很奇怪，努努不僅吃不下點心，飯菜也只吃一點點。這是怎麼回事呢？

這一天，太陽好大、好刺眼，努努和妮妮在草地上打球，努努突然感覺眼前一暗——竟然昏倒了！利利貓老師趕緊把努努送到大熊醫生家檢查治療。

過了一陣子，努努慢慢清醒過來了。大熊醫生輕聲的問努努：「你是不是都沒有好好吃飯？」

努努結結巴巴的回答：「我……我要減肥！我想要跳舞的樣子很優美！」

「用不正確的方式隨意減肥，既不健康又影響成

長，很危險呵！」大熊醫生提醒努努。

「努努，重要的是我們的默契啊！只要我們一起練習，一定可以的！加油！」妮妮和小花鼓勵努努，讓他覺得很感動。

表演當天，臺下坐滿觀眾，獅子國王就坐在最前排的中間位置，和校長開心的討論今天的表演節目。當音樂響起，先由蝴蝶小花鼓動著美麗的翅膀輕快出場；隨後，花豹妮妮牽著河馬努努以優美而流暢的舞步，緩緩起舞！動作輕柔而充滿自信的表演，贏得了全場的掌聲，國王也用力鼓掌呢！

給小朋友的貼心話

小朋友，你認為自己「適合」做什麼呢？你的年紀還小，還有許多可能性，先不要自我限制，勇於嘗試自己想做的事，說不定會發現自己所不知道的潛能呵！

做自己最輕鬆

Janice

小驢子立立每天在村子裡走來走去，老是在觀察別人做些什麼。例如，他看見馬大哥高大威武的樣子，就學著馬大哥那般抬頭挺胸，想發出令人讚歎的馬鳴聲；只不過，聽起來卻像脖子被勒住似的嘶啞聲。

他也想學馬大哥撒蹄狂奔，跑出沒人比得上的速度；只不過，跑起來卻連小兔子都追不上。

他學得好累、好累，就是學不來，只好作罷。他想了一想，那就學斑馬弟弟吧！

斑馬弟弟身上有黑白相間的條紋，立立覺得那身衣服真是漂亮極了。他便用白色粉末在身上抹出一條一條的紋路，大搖大擺的走在路上。

在路上遇見他的動物全都笑彎了腰，大家都說：「立立，你在扮小丑搞笑嗎？」立立感到十分難為情，趕快到池塘邊把身上的白色紋路洗掉。

有一天，立立在草叢邊發現山羊叔叔低頭吃著草，看起來好悠閒，那個草看起來好好吃的樣子。立立又忍不住了，也走到草叢邊開始咬起了幾根草嚼一嚼——天啊！怎麼那麼難吃？根本吞不下去嘛！

為什麼山羊叔叔好像吃得津津有味呢？

山羊叔叔發現立立在吃草，笑呵呵的對他說：「你在學我吃草嗎？」

「是啊！我看你吃草的樣子好像很好吃，就想學著吃吃看，誰知道……」

「誰知道竟然難以下嚥，還覺得奇怪，我怎麼能吃下那麼多？」

「就是啊！到底是為什麼呢？」立立覺得很奇怪。

山羊叔叔知道立立喜歡模仿別人，便對他說：「立立啊，每個人都有自己獨特的模樣和習慣。例如，我喜歡吃草，而你習慣吃麥子；對你來說，麥子是天底下最美味的東西，我卻沒辦法吃；同樣的，對我來說好吃得不得了的青草，你也吞不下去。

「還有外表，斑馬有他們獨特的黑白衣服，別人一眼就知道他們是斑馬；你的外表也讓人家可以看得出你是驢子立立；沒有誰比較好看，只是每個人有自己的樣子而已。

「至於專長嘛，馬兒他們跑得很快，這是他們特有的能

力；你不是馬兒，為什麼要拿自己不擅長的事情為難自己呢？你應該問問自己，你特別的能力是什麼？既然你是一隻驢子，就扮演好『驢子』的角色吧！」說完後，他又低頭繼續吃草。

立立想了想，山羊叔叔說得很有道理。他長久以來都只會羨慕別人的好處，卻忽略了自己也有獨特的一面。他又想起，小時候，爺爺、奶奶常常讚美他，說他是這世界上最特別的一隻驢子。想起這些話，讓立立的心裡暖了起來。

謝謝山羊叔叔後，立立就轉身離開；他發現，這時的步伐變得好輕快，好像快要跳起舞來了。

「原來，做自己才是最輕鬆的啊！」立立開心的說。

給小朋友的貼心話

每個人都有自己特別的一面。看見別人的好，當然要真心讚美，卻也不要忘記自己的獨特；因為，每個人都可以為這個社會做出貢獻，你所能做的也許正是其他人沒辦法完成的呵！

郵差班叔叔

Janice

長頸鹿班叔叔是動物村裡的郵差，他每天在脖子上掛著郵包，熱心的奔東跑西，為大家送郵件；像小朋友們的成績單、過年過節時的賀卡等，都是靠班叔叔勤奮工作，才讓每個人能準時收到驚喜或者期待的信件。

有一天，班叔叔送來了小斑鳩君君的學校成績單。君君的臉色看起來很奇怪，班叔叔以為她身體不舒服；君君勉強擠出笑容說：「班叔叔，我沒事，謝謝您幫我送成績單來。」說完便用尖尖的嘴巴把自己的成績單叨出來，跟班叔叔說再見。

班叔叔還有很多信要送，也沒有太多時間再問君君；鼬鼠弟弟小白的家就在隔壁，他的成績單也在班叔叔這裡呢！

當班叔叔到了小白的家，卻怎麼也找不到小白的成績單。班叔叔心想：「難道是君君剛才不小心把小白的成績單也拿走了？」

他趕快再回去找君君；到了君君家門口，看見君君正把成績單攤在桌上，拿著筆在寫什麼東西。班叔叔喊了她一聲，君君嚇了一大跳，手裡的筆也掉到地上；這時，班叔叔才看清楚，君君是在改成績單上的數字，小白的成績單也被打開放在一邊。

「君君，可以告訴班叔叔妳在做什麼嗎？」

「班叔叔，我……我這次……考得太差了，好怕媽媽罵我；小白的成績那麼好，又住在我們家隔壁，媽媽一定又會拿他來和我比較。班叔叔，請您不要告訴媽媽好嗎？」

班叔叔低下頭來微笑看著君君：「君君，妳不要害怕，班叔叔不會跟任何人講。不過，君君，妳會希望別人打開你的成績單嗎？」

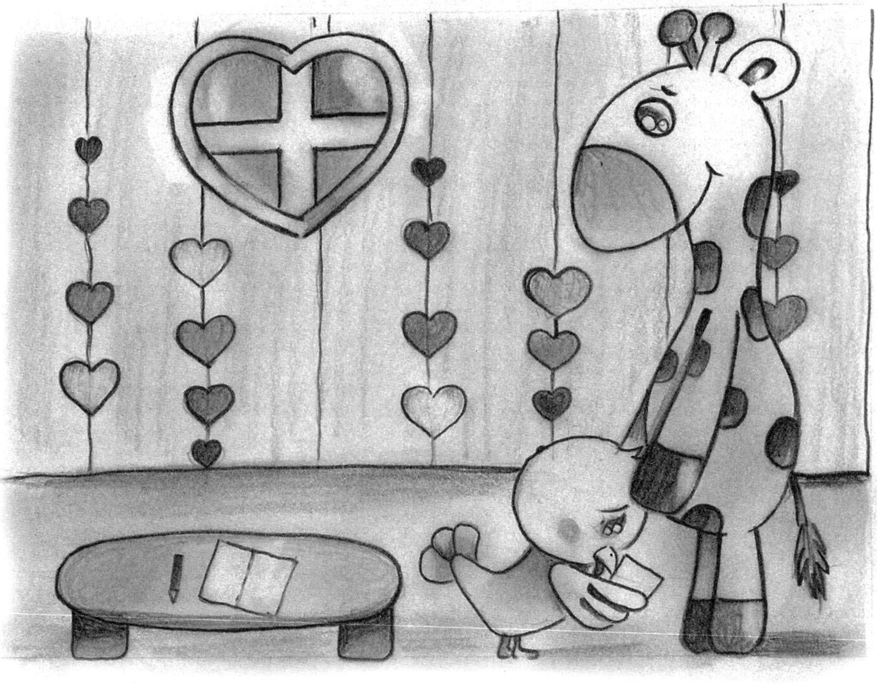

君君低下頭，小聲的說：「我錯了，我不應該打開小白的成績單。」

「還有，妳以為把分數改了，媽媽就不會知道妳考不好嗎？有沒有想過為什麼考不好？」

「我……沒有認真讀書，有些地方是真的不懂。」

「沒有認真讀書就不能怪媽媽罵呀！真的不懂，要告訴爸爸媽媽和老師，讓他們幫助妳。更重要的是，『誠實』也許會讓妳暫時受到責備，卻會為妳帶來心安理得，這是不管多好的成績都換不來的。」

「班叔叔，我知道錯了，我會自己向媽媽承認我改了分數，並且把我的困難告訴她；老師也有教我們，誠實非常重要，我不應該為了怕媽媽罵而欺騙她，其實我的心裡好害怕。還有，我會去跟小白道

歉，我再也不會打開別人的信了。」

「那麼，妳現在願意和我去小白家嗎？」

「嗯！請班叔叔陪我，我會誠心的請小白原諒我。」

給小朋友的貼心話

考試是學校學習過程中不可避免的事情；與其在意成績，不如藉著考試來瞭解自己真正的實力與興趣所在吧！

小朋友，你說過謊嗎？說謊後是不是會擔心被發現？誠實，其實是要讓自己安心呵！

媽媽只愛妹妹

Janice

花栗鼠小朵很會跟媽媽撒嬌，尤其在調皮搗蛋或做錯事惹媽媽生氣的時候。

有一天，她在學校把便當打翻了，老師把這件事寫在聯絡簿上；媽媽正要罵她時，小朵趕緊對媽媽又親又抱的，一直道歉，最後媽媽也只好笑著原諒她了。

姊姊小花在旁邊看了，心裡很不是滋味，覺得媽媽總是對妹妹偏心；如果換成是自己做錯事，一定會被媽媽罵得很慘。

晚上在吃飯時，媽媽發現小花好像特別安靜，關心的問她：「小花，你怎麼了？是不是身體不舒服？怎麼都不說話？」小花看著媽媽搖搖頭，繼續低頭安靜吃飯。

吃完飯後，小花一個人在房間裡寫功課，媽媽敲門後進來，摸摸小花的頭說：「怎麼啦？是不是有什麼不開心的事，告訴媽媽好不好？」

「我覺得……媽媽好像比較愛妹妹。每次妹妹做錯事，只要跟媽媽抱抱，媽媽就會原諒她。可是，媽媽都對我好凶，就算做錯一點小事，媽媽也會一直罵我。」說著說著，小花委屈的掉下淚來。

媽媽心疼的抱住小花，輕聲的對她說：「傻孩子，妳們都是媽媽的心肝寶貝，媽媽怎麼會不愛妳呢？

「媽媽有時候講話口氣比較急，所以妳會覺得凶，真是對不起；但是，我並沒有否定小花呵！只是，一定要在妳們做錯事的時候提醒妳們，妳們才明白自己錯在哪裡。小朵的確比較會撒嬌，可是如

果她真的做錯事，媽媽還是會罰她的。因為妳們還小，很多事情還不明白，有不對的地方一定要馬上讓妳們改正才行。」

小花被媽媽抱著，覺得好舒服，過了一會兒她才抬起頭問：「媽媽真的沒有比較愛妹妹嗎？」

「媽媽對妳們的愛是一樣的；可是，每個孩子個性不同，父母對待每個孩子的方式便會不同。學校的老師也一樣，面對那麼多學生，對於不同的個性，就會用不同的方式去教導他，這就是所謂的『因材施教』啊！你們一定也會覺得老師偏心、比較喜歡誰對不對？」

「對啊！像我們班，大家都覺得老師喜歡小白，因為他的成績最好。」

「老師不是最喜歡小白，而是因為小白確實有認真讀書，能夠把老師講的知識全部吸收，又可以幫忙老師教其他同學功課。每個人都有可以幫忙老師的地方啊！妳想想看，能幫老師什麼忙？」

「老師很喜歡我幫她整理桌子，因為我可以弄得非常整齊。」小花有些得意的說。

「這就對啦！別人做得好，我們應該真心讚美，也要學習肯定自己的價值，每個人能做的貢獻不一樣。小朵很會撒嬌，小花會幫媽媽做家事，是我最可愛的小幫手了！」

小花開心的笑了；她知道，媽媽決不是只愛妹妹，只是愛妹妹和愛自己的方式不同而已。

給小朋友的貼心話

小朋友，你會覺得父母和老師比較喜歡其他兄弟姊妹或別的同學，心裡便總是吃醋嗎？其實，爸媽及老師對你們的愛是一樣的，只是會因為年齡及個性不同而有不同的表現方法呵！

讓我來幫忙！

Janice

「噹、噹、噹……」下課鈴聲響了，小朋友們向老師行過禮後全部衝到外面去玩耍，除了小花貓妙妙之外。

妙妙是班上新轉來的小朋友，和爺爺奶奶住在東面山坡上。不知道是不適應新的環境，或者還有其他原因，妙妙的回家作業常常沒做完；老師只好在下課時間把她留下來，直到寫完才能出去玩。

只是，看著外面玩得興高采烈的同學，妙妙更無法專心了，沒完成的作業彷彿永遠都寫不完。日復一日的惡性循環，妙妙能和同學一起在操場上玩樂的機會是微乎其微。

班長小白注意到這件事，有一天他便主動問妙妙：「妙妙，妳是不是功課不會寫？有什麼我可以幫忙的嗎？」妙妙感激的看著他，覺得救星終於出現了。

「小白，這些數學好難，我都不懂，爺爺跟奶奶也沒辦法教我……我知道你是班上功課最好的，謝謝你願意教我。」

「別這麼說，有什麼不會的儘管問我，如果我也不會再去問老師。」小白非常有耐心，不厭其煩的向妙妙講解她不懂的地方。在小白的幫助下，妙妙漸漸熟練數學的算法，可以順利把作業寫完了。

這一天中午，大家拿出自己的午餐來吃，妙妙卻無聊的望著窗外。坐在隔壁的小狐狸晶晶就問她：「妳不餓嗎？怎麼不吃飯呢？」

妙妙不好意思的低下頭，小聲說：「奶奶生病了，沒辦法幫我做午餐。」富有正義感的晶晶立刻把自己的午餐分成兩份，把其中一份給妙妙。

妙妙好感動，大口的把午餐吃完。看著她狼吞虎嚥，晶晶又問她：「妳這麼餓，是不是連早餐都沒吃？」妙妙輕輕點點頭。

放學了，妙妙回到家裡。生病的奶奶仍躺在床上，爺爺出門工作還沒回來，懂事的她便先幫忙打掃家裡。

這時，忽然有人按門鈴，她把門打開，竟然是老師和好幾位同學站在門外。妙妙驚訝極了，趕快請大家進來坐。

老師首先問候生病的奶奶，再把帶來的食物放在桌上對妙妙說：「我一個人照顧一個班級，疏忽了妳的狀況；還好班上的小朋友都很有愛心，注意到妳需要幫忙。這裡是一些家長們準備的食物，你們就不用為吃的煩惱了。」

跟來的晶晶注意到櫃子上的抹布，就問妙妙說：「妳在擦東西嗎？」

「對啊！奶奶生病沒辦法做家事，所以由我來做。」

「我來幫忙吧！」晶晶說完，立刻拿起抹布開始擦起櫃子。「我也來幫忙吧！」「我也來！」同學們紛紛自動自發的做起事來。老師微笑看著這一切，覺得這班同學實在太可愛了。

床上的奶奶和妙妙好感動，一直向大家道謝，心裡想著：動物村真的是個溫暖的地方啊！

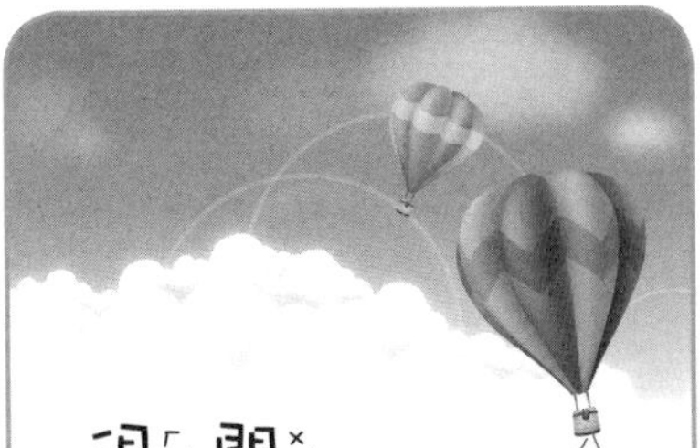

給小朋友的貼心話

每個人都有可能會碰到困難；當你看到時，主動詢問對方是不是需要幫助，會讓他覺得很溫暖，自己也會很快樂呵！

運動家精神

Janice

動物村一年一度的運動會又來到了，所有的動物們都摩拳擦掌的準備大顯身手。比賽的項目包括賽跑、跳高、跳遠、游泳……其中最讓人矚目的就是賽跑；因為，動物村裡能跑的好手可多了，大家都等著觀賞精采萬分的比賽。

大會的最後一個項目是壓軸的接力賽；經過淘汰賽後，最後有四隊爭奪冠軍，每一隊的成員都是最頂尖的選手，棒次依序是兔子、貓、馬和羚羊。全場的氣氛這時已沸騰到最高點，所有人都拉長脖子，要給總冠軍最熱烈的掌聲及歡呼。

「預備——砰！」槍聲響起，各隊第一棒的兔子奮勇向前衝，都想替自己這隊贏得比賽的先機。半圈過去，準備交棒；在大家的注視下，四個隊幾乎同時交棒。場邊的加油聲驚天動地，每支隊伍都有自己的忠實支持者，啦啦隊們誰也不服輸，全都扯開喉嚨，大聲為自己喜愛的隊伍打氣。

又半圈過去，要交給第三棒了；這時距離也漸漸拉開了，跑在最前面的是紅隊，紅隊的歡呼聲簡直震動著整個森林。就在歡呼聲中，第四棒接過去了！

紅隊的第四棒是羚羊可可。可可用嘴咬住棒子後，在全場歡聲雷動下奮不顧身往前猛衝；沒想到，跑沒幾步就絆到地上的一顆小石頭而摔倒。一旁的觀眾發出惋惜的驚叫聲，眼睜睜看著後面的隊伍一個接一個的超越可可。

可可忍痛站起來，咬起棒子後又開始狂奔，完全沒注意到自己因為受傷而滿臉鮮血；觀眾看到這一幕，全

都感動得說不出話來。

忽然間，所有人開始為可可瘋狂鼓掌加油；可可經過的地方，加油聲就特別響亮。可可的速度實在太快了，又漸漸趕上其他隊伍；在最後半圈將要結束之前，只落後白隊的羚羊雙雙兩步而已。這場比賽實在太精采，觀眾只知道拚命喊加油，至於是為哪一隊加油已經不重要了。

比賽結束，白隊以零點二秒的些微領先得到冠軍，亞軍則是紅隊。紅隊隊員感動得抱在一起痛哭，因為可可實在太勇敢了。

可可紅著眼眶跟大家道歉：「要不是我不小心，我們就是第一名了。」

「不！」狐狸晶晶說，「可可，你是我們的驕傲！你讓我們瞭解了什麼是『運動家精神』！」其他隊員紛紛點頭，大家抱著可可為他打氣。大會則是在最後頒獎時，特別頒發一個「最佳精神獎」給可可。

大會主席龜爺爺致詞時說：「我年紀已經大到自己都不記得幾歲了；可是，什麼事都見過的我，今天真的好感動。可可，你真的太棒了，你是運動會的楷模，雖敗猶榮。」臺下所有人都為可可起立鼓掌，久久沒有停下……

給小朋友的貼心話

小朋友，你覺得什麼是「運動家精神」呢？「運動家精神」就是要努力不懈的達成目標，即使受到挫折也要堅持到底。除了運動之外，生活當中也有很多事情可以發揮「運動家精神」呵！

國家圖書館出版品預行編目資料

快樂動物村 / 有稚亦童 / 作；賴慧卿 / 繪一
初版.一臺北市：慈濟傳播人文志業基金會，
2013.07〔民102〕188面；15X21公分

ISBN 978-986-6644-87-0 (平裝)

859.6 102011653

故事HOME 23

快樂動物村

創辦者	釋證嚴
發行者	王端正
作　者	有稚亦童
插畫作者	賴慧卿
出版者	慈濟傳播人文志業基金會
	11259臺北市北投區立德路2號
客服專線	02-28989898
傳真專線	02-28989993
郵政劃撥	19924552　經典雜誌
責任編輯	賴志銘、高琦懿
美術設計	尚璟設計整合行銷有限公司
印製者	禹利電子分色有限公司
經銷商	聯合發行股份有限公司
	新北市新店區寶橋路235巷6弄6號2樓
電　話	02-29178022
傳　真	02-29156275
出版日	2013年7月初版1刷
建議售價	200元